AF196296

Autor:innenkollektiv Schreibfeder

Das Haus der verlorenen Seelen

tredition

© 2024 Laura Pellizzari, Elise Marai, Madelaine Dunschen, Christine Kulgart, Noá Lunara
Weitere Mitwirkende: Tina Flocke, Adam DelRey, Nina Grevener, Herbert Glaser, Laura C. Lys, Celine-Michelle Kammer, Jürgen Artmann, Jeanny O'Malley, Jace Moran, Helmut Blepp

Druck und Distribution im Auftrag der Autor:innen:
tredition GmbH, Halenreie 40-44, 22359 Hamburg, Deutschland

ISBN
Softcover   978-3-384-37130-0
eBook   978-3-384-37131-7

Inhaltsverzeichnis

Vorwort

Haus | /Haús/

Substantiv, Neutrum [das]

1a. Gebäude, das Menschen zum Wohnen dient

1b. Gebäude, das zu einem bestimmten Zweck errichtet wurde

Woran denkst du, wenn du das Wort *Haus* liest? An dein eigenes Zuhause, das du dir liebevoll und gemütlich eingerichtet hast? An ein kleines, typisches Haus, wie du es als Kind gezeichnet hast? Eine durchgängige Linie, die das Haus des Nikolaus darstellt? Oder denkst du an Hexenhäuschen, an Pilzhäuser von Gnomen, vielleicht auch an Puppenhäuser, mit denen du gespielt hast? Vielleicht denkst du auch wie viele unserer Autor:innen an Spukhäuser, Häuser, die ein Eigenleben zu führen scheinen oder in denen etwas Schreckliches passiert ist, dessen Echo noch heute nachhallt. Es ist ein Haus mit ächzenden Dielen und quietschenden Türen, das alle Geschichten in dieser Anthologie vereint. Mal ist es nur der Schauplatz, mal ist es der Protagonist, doch immer ist es der rote Faden, der sich durch die oft unheimlichen Kurzgeschichten zieht.

Bist du bereit, die Tür zu öffnen und dich in den Gängen des Hauses der verlorenen Seelen zu verlieren?

Unser Spendenziel

Wenn die Tage wieder kürzer und dunkler werden und die Blätter von den Bäumen fallen, werden wir jeden Tag mit der Vergänglichkeit und dem ewigen Kreislauf von Leben und Tod konfrontiert. Und während so mancher die Wunschvorstellung hat, eines Tages zufrieden einzuschlafen und nicht mehr zu erwachen, ist das nicht jedem Menschen vergönnt. Genau deshalb gibt es Hospize. Hier können Schwerkranke und Sterbende ihren Lebensabend so gut wie möglich genießen und erhalten genau die Pflege, die ihren Bedürfnissen gerecht wird.

Das erste Hospiz im Sinne der „Palliative Care" wurde bereits 1967 im Vereinigten Königreich eröffnet, in Deutschland öffnete erst 1986 ein Hospiz seine Pforten. Übrigens ist es nicht korrekt, dass Menschen tatsächlich zum Sterben in ein Hospiz kommen. Sie erlernen dort allerdings den Umgang mit Tod und Sterben, während es eines der Ziele der Hospizbewegung ist, den Tod in den eigenen vier Wänden beziehungsweise in häuslicher Umgebung zu ermöglichen.

Ein Großteil der Einnahmen unserer Anthologie „Das Haus der verlorenen Seelen" wird daher an den Deutschen Hospiz- und PalliativVerband e.V. (DHPV) und den Dachverband HOSPIZ ÖSTERREICH gespendet. Wir wollen mit unseren Geschichten die großartige und wichtige Arbeit

9

von Hospizen unterstützen. Mit jedem Kauf hilfst auch du, Hospize weiterhin aufrecht zu erhalten.

Die Frau auf dem Bild

Von Tina Flocke

Content-Warnung: Grusel, Geister, unangenehme Umgebung, Tod, Unfall

Oma Trudi war die gute Seele der Familie, hielt schützend ihre Hände über jene, die sie liebte. Tatsächlich war sie sogar meine Uroma, und auch als Kind war mir bereits bewusst, wie besonders es ist, die eigenen Urgroßeltern überhaupt kennenlernen zu können.

Umso trauriger war ich, als sie eines Tages schwer erkrankte und schließlich nach kurzer Zeit an ihrer Erkrankung verstarb. Ich war erst acht, wusste jedoch, dass sie nun nicht mehr da sein würde. Sie fehlte mir furchtbar und so wollte ich unbedingt eines ihrer Wandgemälde behalten. Es zeigte eine mit Ölfarben gemalte, sommerliche Szenerie: Eine Leiter lehnt an einem imposanten Apfelbaum, auf der eine junge Frau in einem hellen Kleid steht, ihre langen braunen Haare zum Zopf gebunden. Mit graziler Leichtigkeit pflückt sie Äpfel. Noch heute liebe ich einfach alles daran.

Aus einem unerklärlichen Grund hatte ich immer Sorge, die Frau würde von der Leiter stürzen und von der Wand auf den Boden fallen. Letzten Endes nahm Oma Trudi es ab.

„Siehst du, Ava, mein Schatz, jetzt kann sie nicht mehr runterfallen." Liebevoll wischte sie mir dabei die Tränen aus dem Gesicht.

Ihre Abwesenheit war spürbar, allgegenwärtig, äußerte sich selbst in der Atmosphäre des Hauses. War es zuvor einladend, gemütlich und stets so lustig zugegangen, lag nun eine bleierne Schwere in der Luft. Hatten einst Musik und Gelächter die Räume mit Leben und Liebe gefüllt, so war jetzt Düsternis eingekehrt. Ein beklemmendes Gefühl von Angst und Unruhe, als würde in dunklen Ecken etwas lauern, nur darauf wartend, die langen Klauen auszustrecken und alle von uns widerlich kichernd ins Verderben zu ziehen.

Meine Cousine Josi und ich fühlten uns nie wieder unbeschwert und sicher in diesem Haus. Unsere Großeltern waren nämlich nicht an lautem Lachen und fröhlichen Kindern interessiert. Oma Trudis Haus hatten sie nur allzu gerne übernommen und seitdem machten sie auch die Regeln. Wir wurden mucksmäuschenstill, stets darauf bedacht, bloß nicht auf uns aufmerksam zu machen.

Unter dem Dach befand sich einst ein riesiges Atelier mit allerhand Materialien wie leeren Leinwänden, Farben, Pinseln, Staffeleien und einer Vielzahl an Pflanzen, die das Ganze zusätzlich quasi in einen kleinen Garten verwandelten.

Ein Plattenspieler ließ täglich Musik erklingen und während Oma Trudi ihre Kreativität auslebte, waren Josi und ich bei jeder Gelegenheit dabei und staunten darüber, wie talentiert sie doch war. Eine wahrhaftige Künstlerseele. So hatte sie in ihrer Jugend Opa Levin kennengelernt, der leider weder meine noch Josis Geburt mitbekommen sollte.

Wir liebten dieses Atelier, dort entstanden nämlich Träume und in unserer Vorstellung wurden sie dort auch lebendig. Dieser, unser Safe Space, war der Erste, der dem Umbauwahn unserer Großeltern zum Opfer fiel. Es entstand ein großzügiges Schlafzimmer mit karger, liebloser Einrichtung, gänzlich farblos und mit leeren Wänden, in das wir Kinder in den Ferien verbannt wurden.

Oma Trudi würde sich im Grab umdrehen, dachte ich.

Einige Jahre später lagen Josi und ich also wieder einmal in unseren Betten im Dachgeschoss, während draußen ein Sturm wütete. Beständiges Donnergrollen gepaart mit unheilvollen, den Nachthimmel erhellenden Blitzen. Sie schlief wie ein Stein und ich versuchte es zumindest.

Plötzlich ein dumpfes Geräusch.

Das wird sicher vom Gewitter kommen, davon war ich überzeugt.

Doch im nächsten Moment war es wieder da und wieder und wieder und wieder. Als würde etwas permanent auf den Boden plumpsen.

„Josi?!", murmelte ich im Halbschlaf, „Warst du das?!"

Keine Antwort. Ich rieb meine Augen und war noch ganz benommen. PLOPP. Da kullerte ein Apfel neben mein Bett, und blieb neben einer bereits vorhandenen kleinen Menge an Äpfeln liegen.

„Das ist ein Traum", hörte ich mich leise sagen, bis eine sanfte, liebevolle Stimme an mein Ohr drang.

„Ava."

„Wer ist da?"

Meine Augen wanderten verwirrt durch den Raum und suchten im Dunkeln umher. Und da stand sie, keine zwei Meter von meinem Bett entfernt. Die Frau von dem Bild, in ihrem hellen Kleid, die langen braunen Haare zum Zopf gebunden.

„Ava, mein Schatz, weck Josi auf und dann verlasst sofort das Dachgeschoss."

Mit offenem Mund starrte ich sie an.

„Wer bist du? Was ..."

„Bitte, Ava. Es bleibt nicht viel Zeit. Verlasst das Dachgeschoss. JETZT!"

Ich war mir nicht sicher, was hier gerade passierte; ob hier gerade überhaupt etwas passierte oder ich einfach träumte.

„Okay", sagte ich, während ich mich zu Josi drehte. Leise rief ich nach ihr.

Nur Knurren und Schnarchen. Als ich meinen Blick wieder der Frau zuwenden wollte, war sie verschwunden. Samt der Äpfel, die zuvor noch neben meinem Bett gelegen hatten. Das hier war verrückt, und ich war es vielleicht auch. Doch sie hatte weder böse noch bedrohlich gewirkt.

„Josi, wach auf!" Ich krabbelte aus meinem Bett und rüttelte zaghaft an ihrer Schulter.

„Hmmm?!" Sie sah mich mit verschlafenem Gesicht an. „Wasnlooos?"

„Wir müssen hier raus. Komm schon!"

Da sie jünger und auch kleiner war, nahm ich sie kurzerhand Huckepack.

Nachdem wir sämtliche Treppenstufen hinter uns gebracht hatten, kamen wir im großen Eingangsflur an. Es dauerte nicht lange, bis unsere Großmutter uns bemerkte.

„Was macht ihr denn hier unten? Zurück ins Bett!", schrie sie mich an.

„Nein! Wir fühlen uns nicht sicher dort oben." Angestrengt versuchte ich, ihrem Blick standzuhalten.

Sie funkelte mich böse an.

Als Sekunden später der ohrenbetäubende Lärm die unangenehme Stille zwischen uns zerbrach, war sie die Erste, die zusammenzuckte.

Die nächsten Stunden erlebte ich wie in einer Blase, dumpf und leicht verschwommen. Das Haus war in kürzester Zeit voller Menschen: Feuerwehr, Schaulustige aus der Nachbarschaft, unsere Eltern.

Der Dachstuhl war in dieser Nacht unter dem Gewicht eines darauf gestürzten Baumes eingebrochen. Unsere Betten, die genau darunter gestanden hatten, waren vollständig zertrümmert. Die Frau auf dem Bild hatte uns vor dem sicheren Tod bewahrt.

Josi und ich sind danach nie wieder in dieses Haus des Schreckens zurückgekehrt.

Monate später fragte ich meine Mom nach eben jenem Bild.

„Das habe ich im Keller eingelagert. Kannst es dir aber gerne in dein Zimmer hängen", sagte sie. „Aber … wie kommst du jetzt eigentlich darauf?"

Nach kurzem Zögern erzählte ich ihr die Geschichte, wie Josi und ich wirklich dem Unglück entkommen waren. Meine Mom lächelte jedoch nur.

„Das passt zu Trudi."

„Das versteh ich nicht."

„Die Frau auf dem Bild, Ava, das ist Trudi in ihrer Jugendzeit. Levin hat es gemalt."

Meine Oma Trudi war eine außergewöhnliche Frau, und selbst aus dem Jenseits heraus hat sie ihre schützenden Hände über uns gehalten.

Durch das Fenster

Von Adam DelRey

Content-Warnung: Tod, Anspielungen auf Homophobie

„Ich hatte mir das Haus dunkler vorgestellt", bemerkt der junge Reporter mit Blick zum Fenster, nachdem er sich artig für die Einladung in das gedrungene Heim des Dioramenbauers bedankt hat. Sie warten in der alten Küche auf das Pfeifen des Teekessels. Er blickt ins Grüne, dahinter die Fassaden der Stadthäuser im Abendlicht. Eine Oase zwischen hohen Bauten, unberührt von der jüngeren Geschichte der Stadt.

„Die Fenster sind klein, aber gut geplant. Es gibt kaum einen Winkel des Hauses der nicht lichtdurchflutet ist", entgegnet Leif mit einem dünnen Lächeln, während seine ruhigen alten Hände die Zuckerdose und ein Kännchen Milch auf das Tablett stellen. „Mein Mitbewohner hatte sich damals sofort in dieses Detail verliebt." Es sind nicht mehr die 1970er, und trotzdem, immer nur ‚Mitbewohner', nie ein anderes Wort. „Das eigene Zuhause ist eine Linse, die einem einen besonderen Blickwinkel auf die Welt gibt. Mich hat es dazu inspiriert, die Lebendigkeit und Fragilität von Momenten festzuhalten. Zur Ansicht."

„Lebt ihr Mitbewohner …" Der Reporter stockt, verschluckt das ‚noch', „… heute woanders?"

Leif gießt den Tee auf. „Nein, er ist bald darauf verstorben. Setzen wir uns."

Eine knarzende kleine Treppe führt in das höher liegende Teezimmer mit der sepia-marmorierten Tapete, den niedrigen Bücherregalen, dem dunklen Gebälk, unter dem sich Hauke nicht wegducken muss, aber wegducken möchte.

Sie sitzen an einem Tisch, der zur Hälfte von der neuesten Arbeit des Interviewten eingenommen wird – dem Diorama eines niedrigen Zimmers mit sepia-marmorierter Tapete, niedrigen Bücher-regalen, einem Tisch mit Teeservice und einem winzigen Diorama. Zwei Figuren, nicht größer als ein Daumennagel, sitzen einander gegenüber. Eine davon ist Leif Hanssen, dem Dioramenbauer, nachempfunden. Die andere zur Hälfte weiß wie Kunststoff.

Hauke wird unangenehm zumute.

„Wie es begann, nun ja. Zuerst war es nur ein Hobby, dann hat es mir das Leben gerettet. Allein hier zu wohnen ist nicht leicht, wissen Sie?" Der alte Mann wählt eine Emaille-Farbe aus der Schublade, deren Lindgrün dem Polohemd des Reporters entspricht, setzt eine andere Brille auf, lehnt sich über das Diorama und malt mit gekonnten, kurzen Pinselstrichen den Oberkörper einer der sitzenden Figuren damit an. Die Bluejeans hat er scheinbar vorab erraten.

Hauke ist von dem ganzen Taschenspielertrick irritiert, aber er hat sein Skript, macht sich eine Reihe fragender Notizen auf seinem Tablet. „Und was fasziniert Sie am Dioramenbau im Speziellen?"

„Ein Diorama erweckt eine Geschichte zum Leben. Gibt ihr Plastizität und Perspektive, macht sie real."

„Wie denken Sie über interaktive 3D-Modelle? Ich meine, solche die man …" Ein Klopfen von unten unterbricht ihn, aber sein Interviewpartner ignoriert es. „… mit einer VR-Brille begehen kann?"

„Oh, davon halte ich herzlich wenig. Ich kreiere Szenen, die Echtheit und Leben, Maßstab und Fragilität vermitteln. Bildschirme, ob man sie nun vor den Augen oder auf den Augen hat, tun das Gegenteil. Sie sind ein Vorhang der Künstlichkeit." Wieder lächelt der Dioramenbauer sein dünnes, wissendes Lächeln. „Und mein Publikum tut sich schwer damit."

Ein Schauer fährt Hauke über den Nacken. Alte Menschen, die handbemalte Modellfiguren bewundern also, denkt er sich. Vor dem Fenster errötet der Himmel. „Kommen wir zum Preis, den Ihnen die Stadt für Ihr Diorama der Gründungsszene verleiht."

„Nicht mein wichtigstes Werk, wenn Sie mich fragen, aber nur zu …"

Dann reden sie über das Diorama für das Rathaus, die Auszeichnung für Leif Hanssens Arbeit für die Feierlichkeiten und sein Lebenswerk. Hauke findet in eine angenehme Routine, die ihn davon ablenkt, wie sich der Raum um ihn herum zusammenzuziehen scheint, wie durch ein Prisma betrachtet.

Als er die Hülle seines Tablets zuklappt, ist es draußen beinahe dunkel, der Rest Tee in seiner Tasse längst kalt geworden. Das Rascheln der Bäume am Gebälk klingt wie ein Schaudern. Eigentlich hat er Besseres zu tun, als hier zu sitzen und sich beobachtet zu fühlen. „Was hat es mit dem Diorama der Interviewsituation auf sich?", fragt er dennoch. Etwas daran stößt ihm auf. Der Dioramenbauer ist so ein milder, geistig wacher, alter Mann, und dieser Streich scheint nicht wirklich gutmütig.

„Finden Sie nicht, dass ich es gut getroffen habe, junger Mann?"

„Erstaunlich gut. Sie haben mich gegoogelt, nicht wahr? Ehrlich gesagt ist das ein wenig unheimlich." So wie das Haus in Abwesenheit des Tageslichts.

„Ehrlich gesagt ist ein guter Teil meines Lebenswerks ein wenig unheimlich. Und darüber wollten Sie letztlich Ihren Artikel schreiben, nicht wahr?"

Der Reporter spürt jenes unangenehme Mitteilungsbedürfnis, das dem Interview bisher gänzlich fehlte, lässt die Worte wirken, ohne dass ihm etwas einfiele, um sie davon abzuhalten. Dann schlägt ein Ast gegen das Fenster und er fährt zusammen.

„Keine Angst. Das Teezimmer ist das Zimmer mit dem ruhigsten Fenster, und ich habe vorgesorgt. Unsere Betrachter werden Ihnen nichts tun."

„Was meinen Sie? Wollen Sie damit sagen, dass es hier spukt?" Er lacht, erhebt sich, um zu gehen.

„Dieses Haus ist etwas Besonderes. Doch nein, es spukt nicht zwischen diesen Mauern und Fenstern. Es sieht nur alles."

„Was sich hier drin abspielt?" Der Reporter bekommt eine Gänsehaut, bleibt festgewurzelt stehen.

„Was sich dort draußen abspielt."

Leif folgt dem Blick des Reporters durch das Fenster. Ein näherkommendes Wetterleuchten zuckt darin, lässt den jungen Mann wieder zusammenfahren.

„Mein Blickwinkel auf die Welt aus diesem Haus zeigt mir Dinge und zeigt mich Dingen vor." So vielen Verschiedenen. Leif sieht mit ihm aus dem Fenster, wo die Silhouette eines kostümierten Mannes mit Zylinder durch das Streulicht des Zimmers spaziert, sich an den Hut tippt. Milchige Höhlenbewohneraugen starren den Reporter an. Hoffentlich beginnt dieser, zu verstehen. „Sagen Sie nicht hallo." Er beobachtet den Moment, in dem in den Zügen des jungen Mannes ankommt, dass sich das Fenster mehr als drei Meter über Bodenhöhe befindet und es kein Vordach gibt, so absurd ein Spaziergänger auf dem Vordach auch wäre.

„Wer … was ist das?"

„Ich nenne dieses Exemplar den Langen Mann. Er war im Leben wohl nicht sehr groß. Die rastlosen Toten sind nicht mehr an unseren Mangel von Vorstellungskraft gebunden, Kreaturen der Emotion nicht mehr der Sentienz. Das macht es so viel schwieriger für sie, mit uns zu interagieren. Schädlicher, wenn Sie verstehen."

„Was?" Das sinkt nur langsam ein und der Reporter sieht abrupt zu Leif, dann wieder zum Fenster, hinter dem nur kaltes Laub im aufkommenden nächtlichen Sturm tanzt.

„Setzen Sie sich wieder."

Der Reporter setzt sich.

„Sie waren oft sehr ungestüm mit mir. Und auch mit Peter, meinem ‚Mitbewohner' damals, der einzigen Liebe meines Lebens, Gott sei seiner Seele gnädig." Etwas knackt im Untergeschoss, als würde es den Bruch des Tabus untermalen. „Aber bald verstanden sie. Jetzt gaffen sie nur noch manchmal und erfreuen sich. Es sei denn, sie erspähen etwas Neues, Aufregendes. Dann sind sie in all ihren Formen wie Kinder, denen man die Konsequenzen ihres Handelns aufzeigen muss."

Ein Knall ertönt aus dem Flur, ein Schlag auf Holz, Vibration in einer Fensterscheibe. Der Kopf des Reporters fährt herum, weil er aus dem Augenwinkel fahle, madige Muskeln und eine Hand wie eine Riesenspinne auf sich zuschnellen zu sehen glaubt. Kalter Schweiß steht auf seiner Stirn, als er durch das nun offene Fenster am Ende des Flurs sieht.

Doch Leif sieht stattdessen zur Spiegelung auf dem Glas des Teezimmerfensters, betrachtet wie die Hand des Langen Mannes kurz davor ist, den Kopf des Reporters zu packen, steht auf und geht beiläufig dazwischen. Er schreitet mit bedächtiger Eile um das Diorama, versperrt dem Reporter die Sicht auf das Ausstellungsstück. Seine geschickten Finger greifen nach einer der Figuren, biegen sie, bis sie einen Sprung bekommt. Als er sich wieder mit einem Aufatmen und einem dünnen Lächeln setzt, hat er die Figur des Reporters im Diorama demonstrativ zerbrochen.

Der Reporter blickt entsetzt von der Geste auf, die sich da eben abgespielt hat. „Drohen Sie mir? Ich habe genug von diesem Hokuspokus." Er sieht nervös zwischen dem Fenster und dem zerbrochenen Männchen hin und her.

„Oh, ich manchmal auch. Aber es braucht Fingerspitzengefühl, diesen Ort zu bewohnen, und manchmal auch …", auch Leif sieht auf die zerbrochene Figur, „… das Gegenteil davon."

Dann fängt die im Fensterglas gespiegelte Bewegung des langen Armes auch den Blick des Reporters, wie er sich zögernd zurückzieht, besorgt, auf seinem langen Weg zurück etwas zu zerbrechen, die Vase auf ihrem Podest, den

Wandspiegel, den antiken Hutständer. Der junge Mann kann nicht wegsehen, klammert sich an den Armlehnen seines Stuhls fest, will schlucken, aber keucht nur.

Als sein Kopf herumfährt, um gerade noch zu sehen, wie das eigentliche Fenster so abrupt zugeschlagen wird, dass das Glas einen Sprung bekommt, stolpert er schließlich in die Aufrechte und rennt davon.

Das Herrenhaus im Wald

Von Nina Grevener

Die Hufe des Pferdes schmatzten auf dem matschigen Waldboden. Carl betete zum Allmächtigen, dass das Tier nicht ausrutschen und mit ihm stürzen würde. Ursprünglich hatte er den Auftrag nicht annehmen wollen, aber der gut gekleidete Herr, der am frühen Abend in die Gaststube der Bierbrezel gestolpert war, hatte verzweifelt geklungen und viel Geld geboten, damit der Brief noch heute Nacht sein Ziel erreichen würde. Also hatte Carl Lancelot, sein schnellstes Pferd, gesattelt und war durch den dichten Regenschauer in die Nacht hineingeritten.

Das Licht der Laterne, die er in der einen Hand hielt, während er in der anderen die Zügel des Pferdes führte, reichte nicht weit. Hier im Wald konnte man jederzeit vom Weg abkommen. Er war nur froh, dass die Räuber und Banditen das schlechte Wetter ebenso ungern mochten, wie die Postkutschen, die sie normalerweise überfielen. Bis auf das gelegentliche Geheul von Wölfen drang kaum ein Geräusch durch den Regen. Carl und sein Pferd waren, soweit er das beurteilen konnte, mit den tierischen Bewohnern des Waldes allein.

Sie ritten weiter durch den Regenschleier, als plötzlich etwas über den Weg rannte. Das Pferd erschrak und stieg.

Carl glitten die nassen Zügel aus der Hand, die Lampe fiel zu Boden und Carl mit ihr. Lancelot rannte reiterlos in die nun vollkommen dunkle Nacht. Carl setzte sich vorsichtig auf und bewegte seine schmerzenden Glieder. Glücklicherweise schien nichts gebrochen zu sein. Langsam stand Carl auf und schaute sich um. Im Dunkel der Nacht konnte er kaum mehr als ein paar schemenhafte Umrisse ausmachen. Mit ausgestreckten Armen tastete Carl sich langsam vorwärts. Lange griff er nur in die Leere, bis er auf einen Stamm stieß. Einen vorsichtigen Schritt nach dem anderen hangelte er sich an der Baumreihe entlang, die ihn, so hoffte er, weiter den Weg entlang bis ins nächste Dorf führen würde.

Mit einem Mal durchbrach ein Leuchten die Dunkelheit vor ihm. Er sah in nicht allzu großer Entfernung, dass ein Licht in einem Haus entzündet worden war. Carl konnte sich nicht daran erinnern, auf diesem Weg je ein Haus gesehen zu haben, aber wahrscheinlich war es eines dieser eher unscheinbaren Häuser, die er zu Pferd und in gestrecktem Galopp kaum wahrnahm. Nun hingegen war dieses Haus eine willkommene Abwechslung in der Monotonie der Dunkelheit und würde ihm wohlmöglich Schutz vor dem anhaltenden Regen bieten.

Durch das Licht fiel es Carl leichter, sich fortzubewegen.

Welch ein Glück, dass die Besitzer just in diesem Moment ihre Lampen entzündet hatten! Nach wenigen raschen Schritten stand er auf der Veranda und klopfte kräftig gegen die Tür.

Keine Antwort. Niemand öffnete ihm. Er klopfte erneut und rief in Richtung des Fensters: „Ich will Ihnen nichts tun. Ich bin Kurier und bin vom Pferd gestürzt. Bitte lassen Sie mich ein!"

Unter dem letzten Pochen seiner Faust öffnete sich zaghaft die Tür. „Das ist sehr großzügig…", begann Carl, sich bei seinem Gastgeber zu bedanken, als ihm auffiel, dass die Tür von allein aufgegangen sein musste. Vorsichtig trat Carl in den Eingangsbereich. Von außen hatte er nicht viel erkennen können, aber von hier drinnen wirkte das Haus riesig. Wie hatte er es übersehen können?

Der langgezogene Schreckensschrei einer Frau riss Carl aus seinen Gedanken. Sofern er sich nicht täuschte, kam der Schrei aus dem oberen Geschoss. Mit hektischen Blicken versuchte Carl, sich zu orientieren und registrierte auch bald die Treppe, die etwas versteckt zu seiner Linken lag.

Mit großen sprunghaften Schritten hechtete er zur Treppe und hinauf. Auf dem Treppenabsatz angekommen hielt er inne.

Vor ihm erstreckte sich ein langer Gang mit vielen geschlossenen Türen. Natürlich hatte die Person nun aufgehört zu schreien, sodass Carl nichts Anderes übrigblieb, als in den Gang hineinzurufen: „Ist da jemand? Ist alles in Ordnung bei Ihnen?" Stille. Nicht einmal das Geräusch des fallenden Regens war hier zu hören.

Unentschlossen stand Carl auf dem Treppenabsatz. Sollte er lieber wieder runter in den Eingangsbereich gehen? Jetzt, wo der Schrei verschwunden und auch sonst nichts zu hören war, fühlte er sich, als wäre er zu weit in die Privatsphäre seiner potenziellen Gastgeber eingedrungen. Aber was, wenn irgendwo in einem der Zimmer eine Frau in Gefahr war? Carl fasste den Entschluss, die Zimmer zu untersuchen.

Er ging zur ersten Tür. Zunächst schaute er durch das Schlüsselloch, um zu sehen, ob in dem Zimmer Licht brannte, dann klopfte er und als er keine Antwort bekam, versuchte er, die Tür zu öffnen. Die Tür war verschlossen. Auch an den nächsten beiden Türen hatte Carl keinen Erfolg. Erst bei der vierten Tür sah er Licht durch das Schlüsselloch. Er klopfte. Stille. Dann hörte er ein Poltern hinter der Tür.

Ohne Zögern drückte Carl die Klinke der Tür hinunter und fiel beinahe mit der Tür in den Raum dahinter. Als er sich wieder gefangen hatte, schaute er sich um und sah einen Flur mit Türen an beiden Seiten. Niemand war hier. Carl trat ein paar Schritte in den Flur und wurde das Gefühl nicht los, dass dieser und jener, aus dem er gekommen war, identisch waren.

Um seine Hypothese zu überprüfen, lief Carl direkt zur vierten Tür. Er schaute durchs Schlüsselloch, aber der Raum hinter dieser Tür war dunkel. Carl schüttelte den Kopf über seine lebhafte Fantasie. Wie sollte er von einem Flur durch eine Tür in den gleichen Flur getreten sein? Dass hier auf diese merkwürdige Weise ein Flur an den nächsten angeschlossen war, musste ihn verunsichert haben, aber der Architekt hatte sich sicher etwas dabei gedacht. Carl überlegte kurz, ob er zurück in den vorherigen Flur gehen und weiter an jeder Tür klopfen sollte. Das Rumpeln war vielleicht aus einem der anliegenden Räume gekommen. Hier war jedenfalls nichts umgekippt. Also ging er zurück durch die Tür, durch die er gekommen war. Der Flur, aus dem er gekommen war, hatte sich geändert. Die Treppe zu seiner Linken war verschwunden. Vor ihm lag der längliche Schlauch eines Flurs mit Türen zu beiden Seiten. Diesmal war er sich sicher: Die Flure glichen sich. Panik erfasste Carl. Wo war er hier gelandet? Wie kam er wieder raus? Und wo war die Treppe?

Jegliche Etikette ignorierend rannte Carl zur nächsten Tür. Er schaute nicht mehr, er klopfte nicht mehr, er rüttelte.

Die Türen ließen sich nicht öffnen. Je weiter er den langen Korridor entlanglief und je mehr Türen sich nicht öffnen ließen, desto mehr bekam Carl ein beklemmendes Gefühl. Sein Atem ging schneller, ihm wurde heiß und kalt. Auch die Wände schienen auf einmal viel näher zu sein. Nach zehn oder fünfzehn Türen öffnete sich endlich eine. Carl erwartete einen weiteren Flur und war erleichtert, als er eine Treppe sah. In großen Schritten lief er zur Treppe und stieg hinab. Er wollte nur noch raus aus diesem Haus. Er brauchte Luft, ein Fenster, irgendwas. Aber am Ende der Treppe fand er einen Flur genau wie die anderen mit Türen genau wie die anderen. Carl schrie. Und taumelte gegen eine der Türen.

Luft. Er brauchte Luft.

Es rumpelte und ihm war so, als würde er irgendwo im Haus eine Stimme hören. Vielleicht hinter einer der Türen. Vielleicht. Langsam, schwankend ging er zur nächsten Tür. Und dann zur nächsten. Es musste doch einen Ausweg geben. Die nächste Tür ließ sich öffnen. Carl hatte schon fast mit einem weiteren Flur gerechnet, aber vor ihm öffnete sich die Eingangshalle, durch die er in das Haus gekommen war. Die Haustür war geschlossen. Die Fenster blind vor Dunkelheit. Carl ging zu den Fenstern. Er traute der Tür nicht. Durch die Fenster sah er den dunklen Wald und den Regen. Er versuchte, das Fenster zu öffnen, aber es gab nicht nach. Auch die anderen Fenster ließen sich nicht öffnen. Verzweifelt suchte er nach etwas, mit dem er das Fenster zerschlagen könnte. Er nahm einen der Beistelltische. Doch das Holz zerschellte und egal, wie sehr er auf die Scheibe eindrosch, passierte nichts.

Als ihn die Kraft schon fast verlassen wollte, ging er zur Tür. Mit zitternden Händen schloss er die Augen und drückte die Klinke herunter und öffnete vorsichtig die Tür. Für einen

Augenblick glaubte er vor sich den Flur, doch stattdessen war dort der Wald. Ohne Zögern rannte er und rannte in die Nacht und den Sturm.

Abwärts

Von Herbert Glaser

Eigentlich wollte Susi ihren Geburtstag zusammen mit ihrer Clique und ihrem Freund feiern. Dummerweise hatte dann einer nach dem anderen aus der Gruppe abgesagt. Als auch noch ihr Lebensgefährte kurzfristig verreisen musste, war der Plan endgültig im Eimer.

Sie hatte sich schon damit abgefunden, den Abend des 31. Oktobers allein auf der Couch zu verbringen, als sie beim Öffnen des Briefkasten einen Umschlag entdeckte.

Darin befand sich eine Art Scheckkarte, auf der lediglich ein Schlüssel-Symbol abgebildet war. Außerdem ein Brief mit einer Adresse und der Nachricht „Lass dich überraschen!".

Das Suchprogramm ihres Computers wurde bemüht und die angegebene Anschrift eingegeben.

Es handelte sich um ein sehr altes Haus, in dem man offensichtlich gruselige Abenteuer erleben konnte, wie im Hamburger Dungeon.

Susi ging davon aus, dass ihre Freunde ihr ein Abenteuer schenken wollten, sozusagen als Entschädigung für die ausgefallene Party. Ihre Liebe zu Horrorgeschichten war allseits bekannt und Halloween stand schließlich vor der Tür.

Sie überlegte und entschied sich dafür, das Angebot anzunehmen.

Als sie schließlich vor dem Eingang des Objekts stand, war sie doch etwas verwirrt. Niemand war zu sehen. Am Eingang war lediglich ein Kartenleser angebracht und die Aufschrift „Treten Sie ein!".

Nun gut, dachte Susi. Was kann schon passieren?

Sie hielt die Karte an den Leser.

Kaum hatte sie das Foyer betreten, öffnete sich einladend die Tür eines Aufzuges.

Susi betrat den Lift und drückte auf den einzigen vorhandenen, rot leuchtenden Knopf, der als Symbol ein auf der Spitze stehendes Dreieck aufwies.

Der offensichtliche uralte hydraulische Fahrstuhl setzte sich mit einem Ruck in Bewegung und legte den Weg hinunter mit der Langsamkeit radioaktiven Zerfalls zurück. Der Untergang des Römischen Reiches war bestimmt rascher von sich gegangen. Susi hatte keine Ahnung, wie diese hydraulischen Fahrstühle funktionierten, aber wenn dieser hier Wasser benutzte, dann musste, nach seiner Langsamkeit zu urteilen, wahrscheinlich Wasser verdampfen, damit er hinunterfuhr, und kondensieren, damit er hinauffuhr.

Nach einer gefühlten Ewigkeit kam das altertümliche Gefährt endlich zum Stehen … und nichts geschah. Die Türe blieb verschlossen.

Susi suchte vergeblich nach anderen Bedienungselementen, nahm dann ihr Handy zur Hand und stellte – natürlich – fest, dass es keinen Empfang hatte.

Sie wollte gerade gegen die Metalltür hämmern, als sich aus unsichtbaren Lautsprechern eine computergenerierte Stimme meldete.

„Lieber Gast, leider müssen wir Ihnen mitteilen, dass aufgrund unvorhersehbarer Umstände die gebuchte Leistung nicht erbracht werden kann. Wir bitten um Ihr Verständnis."

„Na toll!", schrie Susi fast. „Das fällt denen jetzt ein? Na, dann fahrt mich halt wieder hoch!"

Im Gegensatz zu ihrer Aufforderung öffnete sich die Aufzugtür und gab den Blick in einen langen Gang frei, in dem vereinzelt schmutzig gelbe Leuchten das Dunkel eher aufsaugten, als es zu bekämpfen.

Susi betrat den unheimlichen Flur und erzeugte dabei mit der Taschenlampe ihres Handys gespenstische Formen an den Wänden, die an die fiebrigen Visionen einer Kugelfischvergiftung erinnerten.

Der Lichtkreis ihres provisorischen Scheinwerfers tastete wie ein winziges, zitterndes Leuchtinsekt über den Boden, glitt mit huschenden schnellen Bewegungen die Wände hinauf, streifte eine Tür und kam ruckartig zurück. Wie versteinert starrte Susi sekundenlang auf das massive Holzportal, bis sie den Mut fand, die Klinke herunterzudrücken.

Die Tür öffnete sich zu einem misstrauisch schmalen Spalt.

Im Gang hinter ihr senkte sich Dunkelheit wie Tinte, die in ein Glas Wasser gegossen wurde.

Im fahlen Schein ihrer Handylampe, die nun die einzige Lichtquelle in diesem Gemäuer war, erspähte sie sechs Figuren, die sich wie ein zusammenhängender Scherenschnitt ausmachten.

Plötzlich wurde die Tür ganz aufgerissen, Arme packten sie, zerrten sie in den Raum hinein und legten ihr eine Augenbinde an.

Wie durch einen Schleier erahnte sie wenige Augenblicke später die angeschaltete Deckenbeleuchtung.

„Ich glaube, sie ist bereit", erklang eine Stimme, die Susi erstaunlicherweise bekannt vorkam. Dann entfernte man die Augenbinde.

Nachdem sich ihre Augen an die Helligkeit gewöhnt hatten, fand sie sich in einem großen Raum wieder, dessen gemauerte Runddecke an mittelalterliche Verliese erinnerte.

Ihr Blick wanderte nach unten und entdeckte … ihren Freund, der vor ihr kniete.

„Willst du mich heiraten?" Lächelnd sah er Susi an.

Die schloss die Augen, schluckte und versuchte, ihren Puls aus der Erdumlaufbahn zurückzuholen.

„Das wirst du mir büßen!", war die einzige Erwiderung, die ihr spontan einfiel. Als sie sich beruhigt hatte, schob sie hinterher: „Und zwar für den Rest unseres gemeinsamen Lebens."

Der Jubel der anwesenden Freunde besiegelte das Versprechen.

Haunted House

Von Laura C. Lys

Content-Warnung: Blut, Geister

In Cider Creek gibt es genau drei Regeln, an die sich die Bewohner religiös halten. Iss niemals den Eintopf vom alten Mister Crock, meide den Stadtplatz bei Nacht und betrete unter keinen Umständen das verlassene Haus am Ende der Owers Lane. Und mit eben diesen Warnungen im Hinterkopf schalte ich meine Taschenlampe an und betrachte die Eingangshalle.

Über den dunklen Bodendielen liegt eine matte Schicht Staub, einzig durchbrochen durch Fußspuren, die bis zur geschwungenen Treppe führen. Ich presse die Lippen zusammen und schüttle den Kopf. Natürlich war Tommy bereits vor uns im Haus. So wie ich diesen Idioten kenne, hat er jede Ecke mit albernen Streichen gespickt. Warum sonst sollte er mir uns wetten, eine komplette Nacht zu überstehen?

Lasse lässt hinter mir die schwere Tür ins Schloss fallen. Der Knall erfüllt den leeren Saal und dann stehen wir in der Dunkelheit.

„Igitt."

Der fahle Kegel seiner Taschenlampe fällt auf ein Gemälde, das auf der zweiten Ebene hängt, am Ende der geschwungenen Treppe. Die schwarzen Augen der Dame scheinen zu uns herunterzustarren, die Mundwinkel bitter verzogen. Ihre grauen Haare sind zu einer strengen Frisur gebunden, die weiße Perlenohrringe an ihr entblößen. Ein eisiger Schauer kriecht mir über den Rücken.

„Komm, lass uns die Schlafsäcke auspacken und hoffen, dass das hier schnell vorbei ist."

Er rollt mit den Augen, das Gesicht in Schatten gehüllt, und lässt unser Bündel fallen.

„Weißt du, Ina, du bist ein elendiger Spielverderber."

Ich öffne den Mund, um etwas zu erwidern, da stapft Lasse an mit vorbei, zieht eine neue Spur durch die Staubschicht und tritt auf die erste, ächzende Stufe. Ich blicke mir über die Schulter. Die Doppeltür bleibt stumm, verschluckt die Geräusche der Nacht hinter sich. Mit schnellen Schritten schließe ich zu Lasse auf und erreiche mit ihm die zweite Ebene. Die hölzerne Empore ist mit einem zertretenen Teppich ausgelegt, der bis in den düsteren Flur reicht. Der Lichtkegel meiner Taschenlampe hüpft von Tür zu Tür. Ich erwarte beinahe, dass plötzlich Tommy aus einem der Zimmer springt, doch sie scheinen alle verschlossen zu sein und bleiben es hoffentlich auch.

„Wir sollten hier nicht herumschleichen", flüstere ich.

„Wer will uns schon aufhalten?"

Ich zucke zusammen. Seine sonst so leise wirkende Stimme zerschneidet die Finsternis. Lasse strafft die Schultern und betritt den Flur. Seine langen Finger gleiten an der Wand entlang.

„Lasse."

Ein Quietschten dringt von unten herauf. Ich schiele die Treppe herunter, doch einzig unsere Schlafsäcke ruhen dort. *Es ist nur ein altes Haus, Ina! Häuser können dir nicht weh tun.* Ich kralle mich an den Griff der Lampe und recke das Kinn. Tommy wird seine Wettschulden bezahlen. Auf keinen Fall gebe ich ihm die Genugtuung, mich noch einmal zu verspotten. Ich bleibe in der Mitte des Flures, meide es, den Türen zu nah zu kommen. Über der geblümten Tapete prangen Fotografien, einige mit verschneiter Landschaft, einige sind Porträts von streng blickenden Kindern. Die Rahmen splittern an den Ecken, Farbe verblasst an den Rändern.

„Schau dir das an!"

Mit einem Seufzen löse ich den Blick von der friedlichen Landschaft und leuchte dasselbe Gemälde an, das Lasse bereits entdeckt hat.

„Ist das nicht …?"

Ich trete näher.

„Doch, das ist die Frau, die auch im Treppenhaus hängt."

Ihre schwarzen Augen starren auf uns nieder. Silberne Strähnen hängen an ihren Schläfen herunter. Fast schon vermisse ich die Ohrringe aus dem ersten Gemälde. Mit Schmuck wirkt ihre sehnige Gestalt nicht komplett verrückt.

„Die muss sich aber selbst sehr gemocht haben, wenn es an jeder Ecke ein Bild von ihr gibt", murrt er und stemmt die Hände in die Hüften.

„Findest du nicht, dass sie gruselig aussieht?"

Ein kehliges Lachen rutscht ihm heraus.

„Das ist ein Bild, mehr nicht."

Ich lecke mir über die Lippe. Mein Mund ist plötzlich furchtbar trocken, die Finger schwitzig.

„Mensch, Ina, reiß dich zusammen. Ich beweise es dir."

Er hebt die Hand und drückt sie auf die raue Oberfläche voller Farbe und Pinselstriche. Ich halte den Atem an.

„Siehst du!", setzt er fort und wischt über das Bild, als wollte er ein Fenster putzen. Zitternd entfleucht mir die Luft aus den Lungen. Ich lasse die Schultern sinken und versuche, mich zu entspannen.

„Nur ein Bild", gebe ich zu.

„Na komm, du Angsthase. Wir gehen zurück. Ich hab uns sogar Gummibärchen und die Konsole zum Spielen eingepackt."

Lasse streckt die Hand aus und auch, wenn es albern ist, ich bin froh, mich an ihn klammern zu können. Aus einer verlassenen Ecke pfeift der Wind, zieht über uns hinweg und hinterlässt eine Gänsehaut bei mir. Ich stapfe hinter ihm her, lasse den Lichtkegel in jede undurchschaubare Ecke schnipsen, um die Monster zu verscheuchten. Ich will ihm gerade von der letzten Deutschklausur erzählen, als es plötzlich unter meinen Füßen knirscht. Mit gerunzelter Stirn dreht sich Lasse zu mir um. Ich schlucke den Kloß hinunter und trete von einem Paar zertretener Ohrringe herunter. Mir rast der Puls in den Ohren, als ich nach ihnen greife. Das Silber schimmert fahl, die weißen Reste der Perlen sind in Einzelstücke zersprungen.

„Wie witzig. Sind das nicht die vom Bild in der Eingangshalle?", fragt Lasse und krallt sie sich aus meiner Hand. Ich zucke mit den Schultern, kann aber das eisige Gefühl nicht verdrängen, das sich um mein Herz klammert. Er zieht mich mit flotten Schritten aus dem Flur. Das Knarren von alten Dielen bilde ich mir sicherlich nur ein. Wir stolpern auf die Balustrade am Ende der Treppe. Lasse wirbelt herum und legt den Kopf in den Nacken.

„Ich könnte schwören, dass die vorhin noch Schmuck hatte."

Mein Magen zieht sich zusammen. Die Haare der Frau sind offen, wallen in silbernen Wellen um ihre schmalen Schultern. Ihre Mundwinkel verziehen sich zu einem faltigen Lächeln.

„Sie hatte auch Ohrringe", presse ich heiser hervor. Im Flur knallt eine Tür. Ich klammere mich fester an Lasses Hand.

„Lass uns bitte gehen", flehe ich und will ihn zur Treppe ziehen. Seine Augen weiten sich, die Taschenlampe fällt ihm aus der Hand, trifft dumpf auf dem Teppich auf und verendet in einem Flimmern.

„Lasse?"

Er öffnet den Mund. Seine Finger legen sich fester um meine Hand, drücken erbarmungslos zu. Aus dem schattenhaften Flur ertönen gemächliche Schritte. Ich will mich losreißen, doch sein Griff scheint einem Schraubstock zu gleichen, der sich immer enger zuzieht. Mein Herz stolpert, mein Atem rasselt. Die staubige Luft füllt hektisch meine Lungen, als er plötzlich schreit. Schrill fliegt seine sonst so sanfte Stimme über mich hinweg. Frisches Blut tropft von seinen Ohrläppchen herunter. Benetzt seinen Hals und das neue Hemd, zieht träge seine Spur herunter, während er kreischt. Meine Taschenlampe erstirbt in einem jämmerlichen Flimmern, als ein eisiger Wind uns einhüllt.

Düsteres Herbstkleid

Von Celine-Michelle Kammer

Content-Warnung: Gewalt, Tod und Blut

Dunkel, düster, sonderbar,
grinst es schelmisch vor sich hin.
Ein graues Haus mit Blut darin,
lockt mit Herzenswünschen …

Bei Nacht erscheint es aus dem Nichts.
Glaube nicht, was es verspricht.
Es lockt mit Träumen und Visionen,
ein reines Herz will es belohnen.
Doch halt dich fern von diesem Ort,
dort lebt nur er, der böse Lord.
Glaube mir, es ist verflucht,
das pechschwarze Spukhaus, kommt zu Besuch …
Nur einmal im Jahr, ist es ganz nah,
verschleiert damit die Gefahr …

Reine Seele, goldenes Herz,

befreie dich von deinem Schmerz.

Tritt heran und sprich es aus,

deinen Wunsch, er muss hinaus …

Pechschwarze Nacht. Kein einziger Stern, der am Himmel leuchtet. Es wirkt beinahe so, als wäre all die Hoffnung verschluckt worden. Statt bunter Herbstblätter, die im Wind tanzen, ist dort nur das leichte und gruselig klingende Gesäusel von verlorenen Seelen zu hören, dessen Asche sich auf dem gesamten Asphalt verteilt. Der eiskalte Nebel verschluckt die Umgebung und lässt uns umherirren wie streunende Katzen auf der Suche nach einer Maus. Doch in jener Nacht sind nicht wir die Jäger, sondern die Beute, die sich dem sanften Geflüster des dunklen Lords nicht entziehen kann, wie eine Maus auf ihrer Suche nach Käse. Und egal, wie oft einem das Schauerlied auch vorgesungen wurde, wenn das Haus erstmal nach einem griff, konnte man sich ihm nicht mehr entziehen. Es zieht dich an wie eine Spinne im Spinnennetz. Es zerrt dich an all den kreischenden und flehenden Menschen vorbei, direkt in den Schlund des Ungeheuers.

Und all jene, die es betreten mussten, wurden nie wieder gesehen …

Das Herz schlägt mir bis zum Hals, während ich auf der Straße zwischen all den anderen verwirrten Menschen herumirre und hoffe, dass ich ein weiteres Jahr davonkomme. Der Boden ist blutrot und feucht, von den vielen Menschen, die bereits von ihm ergriffen und verspeist wurden. Die Luft wird von Schreien unterbrochen, die so schmerzverzerrt klingen, dass ich zusammensacke und mir die Hände auf die Ohren presse. Es herrscht solch ein Chaos, dass ich nicht mehr weiß, wo ich bin und was ich tun soll. Ich spüre nichts als Angst, die meinen gesamten Körper übernimmt und mir die Tränen über die Wangen laufen lässt. Und noch bevor ich die eiskalten Hände auf meinen Schultern spüre, die mir das Blut in den Adern gefrieren lassen, höre ich das Klacken von diesen ganz bestimmten Schuhen. Klack, klack, klack …

„Es wird dich holen …", wimmert ein kleiner Junge, der sich hinter einer Laterne zu verstecken versucht und panisch den Kopf einzieht, als er an ihm vorbeiläuft. Der Dolch in seiner knöchernen Hand schimmert und tropft von all dem Blut, das bereits an ihm haftet, während er bei jedem Schritt Asche hinter sich verliert, die ihn mit seinem Haus verbindet. Die unsichtbaren Fäden, die sich langsam um mich ziehen, zwingen mich, aufzustehen und ihm gerade gegenüberzutreten. Seine pechschwarzen Augen funkeln irre, während sein Dolch über meine zarte Haut am Unterarm fährt und ich zusammenzucke. Genüsslich folgt sein Blick meinem Blut, das sich mit dem des Dolches vermischt und den Boden noch roter färbt. Seine dreckigen Hände greifen nach meinem Kinn, während er den Dolch an meine Kehle legt und mich näher an sich heranzieht. Der Geruch von moderigem und verdorbenem Fleisch stößt mir in die Nase, als er sich an mein Ohr beugt und zu flüstern beginnt.

„Reine Seele, goldenes Herz, befreie dich von deinem Schmerz. Tritt heran und sprich es aus, deinen Wunsch, er muss hinaus …"

Nein … Erschüttert schüttele ich den Kopf. Ich darf ihm meinen Herzenswunsch nicht nennen. Ich muss ihm entkommen, bevor mich sein Haus umbringt, wie es das schon seit Jahrzehnten mit anderen Menschen tut. Wenn mich der Lord nicht bereits hier tötet.

„Stures Mädchen! Aber was habe ich anderes erwartet. Schließlich beobachte ich dich und deine Bewegungen seit Jahren", säuselt er und lässt dabei den Dolch auf mein Herz zurasen. Doch statt meinem Schrei durchbricht ein anderer die Dunkelheit und füllt diese stärker als all die anderen Schreie zusammen. Der kleine Junge, der mich zuvor gewarnt hatte, sitzt sich windend in einer Pfütze aus Blut, während der Dolch sich tiefer und tiefer in seinen Körper bohrt. Immer mehr Rot färbt den Boden um ihn herum und lockt das Haus an, das mit riesigen Bodenwellen der Spur aus Asche folgt und sein gigantisches Maul nach dem Kind ausstreckt. Die einst weißen Zähne, die wie das Gebiss eines Haies aussehen, haben ihren Glanz verloren und tropfen, wie der Dolch rubinrote Flecken auf das wimmernde Kind, während sich der Blick des Lords zu einem Lächeln verzieht. Und wenn ich es nicht besser wüsste, würde ich sagen, dass auch das graue Haus schelmisch vor sich hin grinst, bevor seine riesige blaue Zunge auf den Jungen zu schlängelt.

„Kinderseelen sind mit die Reinsten", flüstert der Lord, als ich mich gegen seinen festen Griff zu wehren versuche, während sich das Kind unter Schmerzen windet und schreit.

„Lass ihn gehen!", brülle ich verzweifelt und ramme ihm meinen Ellenbogen in die Rippen. Klirrend fällt der Dolch zu Boden, während mich der Lord tatsächlich loslässt.

Der Junge presst die Hand auf die nun ungeschützte Wunde und ich sprinte ihm entgegen. Die Zunge des Ungeheuers hat das Kind fast erreicht und beginnt bereits damit, dieses langsam zu umkreisen. Nicht mehr lange und das Haus wird ihn verschlingen. Doch das kann ich nicht zulassen. Ohne darüber nachzudenken, greife ich nach dem Dolch und ramme ihn in die Zunge des Biestes. Jaulend zuckt sie zurück, während ich das nun beinahe bewusstlose Kind auf meinen Arm nehme. Doch das Haus greift bereits erneut nach uns.

Seine spitzen Zähne rammen sich in meinen Körper, während ich versuche, den Jungen vor dem Haus zu schützen. Sie bohren sich in mein Fleisch und durchlöchern mich wie den Käse, den die Maus so gerne hätte. Doch die Katze hat mich erwischt, bevor ich mein Ziel erreicht habe.

Immer wieder prasseln die Zähne auf mich nieder und lassen mich mein warmes Blut auf der Außenseite meines zerfledderten Körpers spüren. Sie pressen alles Leben aus mir heraus und reißen mir im wahrsten Sinne des Wortes die Haut vom Leib, während uns die Dunkelheit umschließt.

Die Schritte des Lords hallen zwischen den hinuntersausenden Zähnen des Ungeheuers im Inneren des Hauses und lassen mich seine Worte noch einmal spüren: „Reine Seele, goldenes Herz, befreie dich von deinem Schmerz. Tritt heran und sprich es aus, deinen Wunsch, er muss hinaus …"

„Lass uns gehen", schluchze ich, bevor ich den Jungen kraftlos fallen lasse und die Zähne ein letztes Mal auf uns niederrasen sehe.

„Warum sollte ich das tun?", knurrt der Lord, lässt das Haus jedoch in seinen Bewegungen innehalten. Er tritt an uns heran und lässt den Dolch bedrohlich in seinen Händen kreisen.

„Reine Seelen sollen belohnt werden. Das ist die Aufgabe des Hauses. Sie besteht nicht darin, Leben zu rauben", hauche ich leise und streiche dem Jungen beruhigend über die Haare, auch wenn er das wahrscheinlich ohnehin nicht mehr mitbekommt.

„Und wer entscheidet darüber, was unsere Aufgabe ist?",
fragt er mürrisch, während er sich zu mir herunterbeugt und
mich aus seinen bereits toten Augen anschaut.

„Die Legende. Das Haus soll diejenigen bestrafen, die böse
sind und die belohnen, deren Herz rein und golden ist."

„Eine schöne Geschichte! Aber kein einziger Mensch ist
wahrlich gut! Und deshalb werde ich euch Menschen lehren,
was Angst, Krieg und Schmerz bedeuten!" Seine Hände
verkrampfen sich um den Dolch und ich sehe ihm die Wut
über meine Meinung und meinen Widerspruch regelrecht an.
Und dann sehe ich noch etwas anderes in seinen Augen … Ist
das Schmerz?

„Du wurdest verletzt", flüstere ich.

„Nimm diese Worte noch einmal in den Mund und ich werde
dich ausbluten lassen!" Er knurrt mehr, als dass er spricht.
Die Augen plötzlich noch schwärzer als zuvor. Und obwohl
ich weiß, dass ich es bereuen werde, kann ich nicht anders.

„Wir können nichts für deinen Schmerz", flüstere ich und
strecke ihm meine Hand entgegen. Beinahe ängstlich zuckt er
zurück. Ehe er seine vorherige Gestalt wieder annimmt und
nichts mehr von dem kurzen Moment der Schwäche zu
erahnen ist. Es wirkt beinahe so, als wäre er nie dagewesen.
Doch das war er.

„Lass mich dir helfen", versuche ich es weiter. Jedoch sehe ich sofort, dass ich meine Chance vertan habe. Er wirkt mächtiger als je zuvor.

„Deinen Wunsch!", grölt er zornig.

„Lass uns gehen", wiederhole ich schwach.

Schelmisch grinst er mich an und greift nach meiner gesunkenen Hand. Mit einem Ruck zieht er mich hoch und drückt meinen zerfledderten Körper an seinen eiskalten. Seine Nase verschwindet in meinen ebenso blutgetränkten Haaren, eh ich seinen Atem an meinem Hals spüre.

„Dein Wunsch ist zu groß und viel zu naiv. Ich kann ihn dir nicht erfüllen. So gutherzig bin ich nun wirklich nicht. Und um meine Legende weiterzuerzählen, braucht man keine zwei Überlebenden, oder Süße? Einer oder eine reicht völlig aus. Die Frage ist nur: Wer wird diese Person sein?", flüstert er bedrohlich in mein Ohr, eh er zu kichern beginnt.

„Das … das kannst du nicht tun", krächze ich verzweifelt.

„Und ob ich das kann", höre ich ihn sagen, ehe der Dolch sich in mein Herz rammt und das Blut sich auf die Erde ergießt. Mein Blut, das meine Seele auf ewig in dem grauen Haus gefangen hält.

„Reine Seele, goldenes Herz, befreie dich von deinem Schmerz. Tritt heran und sprich es aus, deinen Wunsch, er muss hinaus …"

Ich lehre den Menschen Angst und Leid, komme wieder im nächsten Herbstkleid. Gebe keine Ruh bis sie verstehn, Hoffnung und Liebe ist ein Vergehen …

Blue Moon

Von Jürgen Artmann

Heller, blauer Mond

Welch schöne Herbstkulisse

seltenes Vergnügen

Der Deutsche Wetterdienst berichtet, passend zum heutigen Halloween hätten wir einen so genannten Blue Moon. Die Bezeichnung umschreibt nicht, wie man meinen könnte, einen blau leuchtenden Mond, sondern das Vorkommen eines zweiten Vollmonds im gleichen Monat. Dass zwei Vollmonde in den gleichen Monat fallen, ist eher selten. In diesem Oktober mit einunddreißig Tagen verhält es sich wieder so.

Gleichzeitig ist dies seit Langem der erste Vollmond, der auf Halloween fällt.

Halloween. Erinnerungen kommen hoch.

Kollegen und Bekannte und auch einige Nachbarn halten Halloween für eine Erfindung der Süßigkeitenindustrie. Dabei ist „Samhain" das keltische Silvester, das Fest der Verstorbenen, der Wesen aus der Unterwelt. Meine Eltern hatten bis Ende der 60er Jahre in Kanada gelebt und die

Tradition mit zu uns deutschen Kindern gebracht. Mir ist Halloween vertraut, seit ich denken kann. Auch wenn es nur latent in der Familie vorhanden war und nicht so ausgiebig gefeiert wurde wie heute.

Trotzdem freue ich mich jedes Jahr wie ein kleines Kind darauf. Je älter ich geworden bin, umso besser meine Vorbereitung.

Schon in den Tagen davor werden Unmengen von Süßigkeiten besorgt. Spezielle Halloween-Gummibärchen in kleinen Tüten.

Eigentlich sind da keine Bären drin, sondern Kürbisse und Fledermäuse, dazu Bonbons, Schokoladen und Waffeltäfelchen, Miniatur-Snacks und so weiter ...

Die über die Jahre gesammelten Gegenstände zum Dekorieren sind in einer großen Kiste auf dem Dachboden. Weder ich noch meine beiden Söhne können es erwarten, den Dachboden zu öffnen und die Kiste herunterzuholen. Meine Frau schüttelt den Kopf, aber grinst über beide Backen. Ihre drei Jungs sind im Spieleifer.

Wir bauen vor der Tür einen richtigen Schrein auf. Darauf befindet sich ein schwarzer Kessel wie der eines Druiden.

Daraus quillt grüner Schleim. Quer über den Kessel liegt eine Schöpfkelle, auf der eine fette Spinne sitzt. Im Topf schwimmen inmitten einer leckeren Auswahl von

Süßigkeiten auch blutige Glubschaugen. Nur die ganz mutigen Kinder fassen da rein.

Auf dem Rasen vor der Tür haben wir zwei Fackeln mit echtem Feuer aufgestellt. Durch das Flackern der Flammen tanzen fiese Schatten auf unserem Schrein. Hinter dem Schrein steht eine Sense, daneben liegt die Attrappe einer blutigen Kettensäge und natürlich auch eine Attrappe eines blutverschmierten, abgetrennten Fuß. Die abgetrennte Hand liegt unmittelbar neben der Klingel. Wenn man klingeln will, muss man schon knapp an dieser Hand vorbei fassen. Ja, hier muss man schon seinen Mut aufbringen und sich die Süßigkeiten verdienen!

Es ist früher Abend und die Dunkelheit zieht auf. Die kleineren Kinder kommen zuerst. Sie sind nicht so spät unterwegs und oft noch in Begleitung ihrer Eltern, die aus sicherem Abstand alles verfolgen.

Vor der Tür höre ich die erste Gruppe Kinder diskutieren.

„Mensch, schau dir mal die krasse Deko an."

„Das ist ja gruselig. Stellt euch mal vor, da wohnt jetzt eine echte Hexe."

„Was machen wir denn dann?"

Ich höre den Dialog und freue mich sofort. Der gewünschte Effekt ist übertroffen. Ich muss aufpassen, dass ich nicht loslache. Das Beste kommt noch.

Als die Gruppe klingelt und ich die Tür öffne, erstarren sie mitten im Satz ihres extra für den Abend gelernten Spruchs:

„Wir sind kleine Geister, essen gerne Kleister, wenn Sie uns nichts geben, bleiben wir hier kleben!", kommt es dann doch noch zögerlich aus ihnen heraus.

Vor ihnen steht ein Mann mit einem langen, schwarzen, ausfallenden Mantel, an dem rasselnde Silberketten herunterhängen. Das Gesicht ist ganz blass, fast weiß, die Augen mithilfe falscher Kontaktlinsen blutrot, wie bei einem Werwolf. Der Mann trägt schwere rot-metallene Stiefel mit Fledermauskappen an den Spitzen. Er hält den Kindern einen gläsernen Totenschädel entgegen. Die Schädeldecke fehlt. Im Schädel befinden sich die Süßigkeiten.

„Schön habt ihr das gesagt", sage ich mit milder Stimme. „Nehmt euch gerne was aus dem Schädel."

Die Kinder schauen mich mit großen Augen an, greifen mit Freude in den Schädel, decken sich mit Süßigkeiten ein und bedanken sich artig. Von hinten bedanken sich die begleitenden Eltern und rufen: „Tolle Deko!" Die Daumen gehen nach oben.

Ich schließe zufrieden die Haustüre und höre die Kinder im Fortgehen sagen: „Mann, das war ja voll gruselig, geil!"

Ich grinse selbst wie ein kleines Kind. So kann der Abend weiter gehen.

Der Wunsch nach Angst

Von Jeanny O'Malley

Content-Warnung: Tod und Verlust, Erwähnung von Folter und Vergewaltigung

„Ihr wollt euch gruseln? Den Horror in seiner feinsten Form erleben? Ihr wisst gar nicht wirklich, was Furcht ist. All das, was ihr in den Filmen gesehen und nachahmen möchtet, ist ein Scheiß gegen die Realität. Niemand von euch hat jemals richtige Angst verspürt. Ihr romantisiert den Horror und wollt ihn erleben. Ich werde euch den Gefallen tun und eure Wünsche erfüllen. Doch rechnet mit dem Schlimmsten. Auf meine Gnade dürft ihr nicht hoffen. Ich lade euch in das Haus des Grauens ein. Doch ihr solltet auf eigene Gefahr kommen. Bei mir werdet ihr nicht gegen Schäden versichert. Vielleicht sollte ich lieber ein paar Särge verkaufen. Wahrscheinlich bekomme ich für das Haus nur schlechte Bewertungen im Internet, weil es selbst euch zu abartig ist. Wer weiß. Daher sollte ich mein Geld lieber mit anderen Dingen machen. Aber seht selbst! Mein Haus steht für euch Tag und Nacht offen. Und dies ab morgen Abend. Dann werde ich es für euch zugänglich machen. Schlaft bis dahin gut, denn es könnte eure letzte Nacht sein."

Mit diesen Worten beendete Paul seine Sprachaufnahme für den letzten Werbespot. Dabei meinte er jedes Wort wirklich so. Jemand wie er wusste genau, was Angst und Furcht waren.

Immerhin hatte er Menschen verloren, die er geliebt hatte. Und das durch Krankheit, Krieg und Mord. Es war nicht schön. Doch genau das dachten diese Typen, die eine Nacht im Horrorhaus verbringen wollten. Angeblich würde sie nichts erschrecken können. Solche Leute lasen die verrücktesten Bücher und die abartigsten Filme. Dabei blieben ihnen nicht einmal die Snacks im Hals stecken. Sie waren abgestumpft. Zumindest in seinen Augen. Paul hatte dieses alte Haus geerbt. Ein baufälliger Schuppen, der nichts mehr wert war. Seine einzige Möglichkeit, an Geld zu kommen, bestand darin, es als Gruselhaus zu vermarkten. Zu diesem Zweck hatte er ein paar Puppen präpariert, die für ein paar unheimliche Effekte sorgen sollten. Knarrende Bodendielen waren bereits vorhanden. Der Wind wehte durch die Ritzen, es hörte sich schrecklich an. So wie eine heulende Frau. Eine Nebelmaschine und ein paar Lichteffekte sollten für zusätzliches Ambiente sorgen.

Paul öffnete die Türe zu diesem alten Gebäude und hatte eine Kabelrolle über die Schulter geworfen. Es war Zeit für die letzten Vorbereitungen. Dafür hatte er nur noch vierundzwanzig Stunden Zeit. Trotzdem lag er mit seiner Planung gut. Bald würde Geld in die Kasse kommen und er somit hoffentlich schwarze Zahlen schreiben.

Ein kalter Luftzug verursachte bei ihm Gänsehaut. Es war der Vorabend von Halloween und somit durfte es längst kälter sein. Die Leute würden sich wirklich gruseln. Mit einem selbstgefälligen Grinsen steckte er das Ende des Kabels in die dafür vorgesehene Vertiefung.

Auf einmal knallte eine der Fensterläden. Offenkundig der Wind. Und erneut ertönte dieser laute Knall. Vermutlich war es besser, nachzusehen, damit nicht etwas kurz vor der Öffnung zu Bruch geht, dachte er sich und machte sich auf den Weg, um das störende Element zu finden. Das Geräusch wurde immer lauter. Er war dicht dran. Doch als er zum letzten Fenster gelangte, stellte er fest, dass es draußen windstill war. Hinter ihm schlug die Türe zu. Paul erschrak und drehte sich hastig um. Es wurde kalt im Zimmer. Der Atem wurde sichtbar und sein Herz schlug aufgeregt. Wie oft war er dort gewesen und nie passierte etwas? Wahrscheinlich war er im Stress und überarbeitet, sodass er bereits an Halluzinationen litt. Weshalb sollte es auf einmal tatsächlich in diesem Gebäude spuken? Das machte keinen Sinn.

Mit dem Ziel vor Augen, seine Arbeit zu erledigen, öffnete Paul die Türe und ging zu seiner Nebelmaschine zurück.

Während er die Zeitschaltuhr einstellte, hörte er hinter sich schlurfende Schritte. Ängstlich drehte er sich um. Es war niemand da und plötzlich ruhig. Seine Sinne spielten verrückt. Das lag vermutlich an der Aufregung. Niemals konnte das ein echtes Spukhaus sein. Über seinen Erbonkel wusste er nicht viel. Dieser lebte bis zu seinem Tod zurückgezogen in diesem Anwesen, das ihm unter dem Arsch verrottete. Genauso hortete er Geld, was er angeblich hatte, aber niemand fand.

Erneut kam ein kalter Luftzug an seinen Rücken. Laut seinem Smartphone sollte es nicht am Wetter gelegen haben.

Es klapperte abermals im Haus und so langsam ging es Paul auf die Nerven. „Ich muss das bis morgen fertig haben, sonst bekomme ich direkt miese Bewertungen und das kann ich mir nicht erlauben. Wer auch immer da ist, lässt mich jetzt bitte weiter an dieser Maschine arbeiten. Ich habe noch mehr zu erledigen!", sagte er schroff zu niemand bestimmten.

Gerade als er sich umdrehen wollte, fiel eine Schaufel in seiner Nähe um. Verwirrt schaute Paul das Ding an und fragte laut: „Und was soll das?" Es klapperte im Inneren des Hauses und er folgte dem Geräusch.

Mit dem Dachboden hätte er nicht gerechnet. Doch das dringliche Klopfen kam eindeutig von dort. Mit der Schaufel bewaffnet ging er in das Zimmer unter dem Dach. Dort war er noch nie gewesen. Warum wusste er selbst nicht. Es schien ihm nicht wichtig zu sein. In diesem kleinen Bereich sah er Ketten auf dem Boden liegen. Kratzer zierten die Wand daneben. Für ihn sah es eindeutig aus: Jemand wurde in diesem Raum gefangen gehalten. Wie er es selbst aus Filmen kannte, war es entweder ein verkrüppelter Sohn, der ebenfalls wahnsinnig eingesperrt wurde und nur ab und zu gefüttert. Oder es handelte sich um eine Frau, die dort gefügig gemacht wurde. Beides fand er nicht gut. Gab es noch eine dritte Möglichkeit? Vermutlich nicht. Doch nun stellte sich ihm die nächste Frage: „Wo ist dieser Mensch hin? Hier liegt kein Skelett oder sonst was." Nichts deutete auf einen Mord hin. Dennoch war ihm so, als ob jemand neben ihm stünde und ihm sämtliche Antworten geben wollte.

Mit einem flauen Gefühl im Magen verließ er den Dachboden mit der Schaufel in der Hand. Leise murmelte er vor sich hin: „Also gut. Du willst mir offenbar etwas sagen. Wahrscheinlich soll ich im Garten danach graben. Kein Problem. Sofern mein Erbonkel ein Verbrechen begangen hat, sollte ich der Polizei lieber den Tatort zur Verfügung stellen, als mein Geld zu verdienen. Ich werde dir helfen."

Wie er es gesagt hatte, grub er mit der Schaufel an einigen Stellen im Garten Löcher. Doch er fand nichts. Plötzlich vernahm er einen Schrei aus dem Inneren des Hauses. Hastig rannte er dorthin und gelangte letztendlich in den Keller. Was sich zunächst wie ein Schrei angehört hatte, war der Heizungskessel, der gepfiffen hatte. Das Ding war genauso Schrott wie alles andere im Haus. Doch dann sah er die alte Feuerstelle. In dem Moment dämmerte es ihm, dass die Leiche wohl dort verbrannt wurde. Es konnte keine andere Erklärung geben. Sein Onkel war tot und wer auch immer in diesem Dachboden gefangen gehalten wurde, blieb spurlos verschwunden.

Paul blieb keine andere Möglichkeit, als pünktlich sein Horrorhaus zu öffnen. Doch er baute diese Gruselgeschichte geschickt in seine Erzählungen ein und ließ den Ort des Verbrechens wie er war.

Nach einem Monat hatte er tatsächlich schwarze Zahlen geschrieben und die Leute liebten das Haus. Als er im Internet nach seinen Bewertungen schaute, traute er seinen Augen kaum. Als Benutzername war die Anschrift des Hauses genannt und dort las er: „Das Ambiente stimmt und der Hausbesitzer hat sich alle Mühe gegeben, um einen neuen Glanz in die alte Hütte zu bringen. So viel Leid ist dort geschehen und sein Herzblut steckt in jedem Detail. Die Menschen fühlen sich dort bewegt vom Schicksal der unbekannten Person. Das Haus selbst knarrt und ächzt in jeder Diele. Es scheint froh über so viel Besuch zu sein. Möglicherweise hat es ein Eigenleben und somit seinem neuen Besitzer geholfen ein richtiges Spukhaus zu erschaffen. Viele Grüße von jemandem, der das Haus und seine Schreckenstaten überlebt hat."

Ajay

Von Jace Moran

Content-Warnung: Blut, Wahn, Gewalt, Selbstverletzung, Totschlag

Mein lieber Ajay,

bitte verzeih mir, dass ich dir nicht früher geschrieben habe. Du musst verstehen – seit unserer Trennung hat sich eine Menge getan. Wenn ich ehrlich bin, hat sich meine Welt auf den Kopf gestellt. Nichts ist mehr, wie es war. Alles fühlt sich falsch und sinnlos an. Und mein Herz blutet fast so stark wie meine Augen Tränen weinen.

Überall ist Rot. An meinen Händen, an meiner Kleidung, auf meinem Gesicht. In schrecklich dunklen Schlieren benetzt es meine Haut. Ajay – ich erkenne mich selbst nicht mehr. Da liegen tiefe, dunkle Schatten unter meinen Augen, meine Knochen stechen scharf hervor und meine Blässe bildet einen harten Kontrast zu all dem Blut.

Eigentlich bin ich in dieses alte Herrenhaus gezogen, um einen Neuanfang zu wagen und unserer zerbrochenen Beziehung zu entfliehen. Doch hier, an diesem Ort der Einsamkeit, erscheint sie mir präsenter als je zuvor.

Dieses Haus, es war einst prachtvoll und voller Charme. Doch nun sind die Möbel von einer dicken Staubschicht bedeckt, die Tapeten blättern von den Wänden ab und eine unheilvolle Stille wabert durch die Räume. Wie ein zweiter Schatten verfolgt sie mich, seit ich einen ersten Schritt in dieses Zimmer gewagt habe. Dieses Zimmer voller Spiegel. Antik, mit goldenen Rahmen und silbernen Oberflächen, die das Dämmerlicht auf verstörende Weise reflektieren.

Die Spiegel, sie beobachten mich. Jede meiner Bewegungen, jede meiner Gesten wird akribisch nachgeahmt. Als würden sie mich studieren. Doch manchmal, da zeichnen sich subtile Unterschiede ab. Ein flüchtiges Lächeln, das nicht das meine ist, ein Schatten, der sich bewegt, obwohl ich stillstehe.

Nur ein Wimpernschlag und er ist verschwunden. Ersetzt durch eine geisterhafte Gestalt, die mir entgegenblickt.

Es ist ein junger Mann mit traurigen Augen, die verloren und verschleiert in eine längst vergangene Gegenwart blicken.

Eine Zeit, in der alles besser war. Eine Welt, ganz ohne Sorgen. Glaub mir, Ajay: Egal, wie sehr ich es versuche, ich schaffe es nicht, meinen Blick von ihm abzuwenden. Wie eine Schlange hält er mich in seinem Bann gefangen.

Meine Nächte, sie werden kürzer und kürzer. Zwei, vielleicht drei Stunden – länger lässt sich mein Geist in keinem Fall zur Ruhe betten. Die meiste Zeit über sitze ich hier, genau hier, in diesem Zimmer mit den Spiegeln, und starre rastlos in deren unendliche Tiefen. Alles, nur um einen weiteren Blick auf ihn zu erhaschen. Den Mann mit der Verzweiflung in seinen Augen. Es ist als könnte ich seine Schreie hören, sein Flehen nach Erlösung, das langsam abebbende Pochen seines Herzens, begleitet von seinem letzten Atemzug.

Es fällt mir immer schwerer, zwischen Wahnsinn und Wirklichkeit zu unterscheiden. Die Spiegel – sie manipulieren mich, verzerren meine Realität. Ich glaube, ich verliere mich. Tauche ein in die Abgründe meiner Seele, wo das Dunkel der Vergangenheit und die Finsternis der Gegenwart miteinander verschmelzen und nichts als Leere übrigbleibt.

Irgendwann halte ich es nicht länger aus, in seine traurigen Augen zu sehen. Also schlage ich auf die Spiegel ein, mit voller Wucht zerbreche ich ihren Glanz, sehe zu, wie ihre Splitter durch die Luft segeln und das Mondlicht in kalten Nuancen rückstrahlen.

Alles liegt in Trümmern dar. Der Boden, er ist von scharfkantigen Splittern bedeckt. Mein Blut vermischt sich mit dem aus meinen Visionen. Oder sind es Halluzinationen?

Mein Spiegelbild lächelt mir ein letztes Mal zu, bevor es verschwindet. Diesen Fluch – habe ich ihn nun endlich gebrochen? Oder bleibt ein Teil von mir für immer in diesem Raum gefangen?

Mit glasigem Blick sinke ich auf die Knie und starre den Scherbenhaufen zu meinen Füßen an. Deine traurigen Augen, sie starren zurück.

Ajay – geh nicht immer so traurig durch die Welt. Ich halte es nicht aus, dich so verzweifelt zu sehen.

Stilles Wasser

Von Helmut Blepp

Content-Warnung: Mord und Leichenschändung, Erwähnung von Kannibalismus

Fred hatte den Wecker auf drei Uhr früh gestellt, denn er wollte noch in der Dunkelheit am See sein. Eine weitere Entsorgung stand an. Auch sein jüngstes Opfer hatte er fachgerecht zerlegt und die Stücke nach und nach mit Gewichten beschwert am vertrauten Ort versenkt. Nur der Kopf lag noch in der Gefriertruhe.

Den packte er, zusammen mit dem Hammer, in eine große Sporttasche und fuhr los.

Der Parkplatz war verwaist, wie erwartet. Er stellte den Wagen ab, hob die Tasche aus dem Kofferraum und stieg die Anhöhe zum See hinauf. Als er die Dammkrone erreichte, hielt er inne. Er lauschte dieser Stille hier, die er so liebte. Sie blieb ungestört. Also hob er den durchgefrorenen Kopf aus der Tasche, fixierte ihn mit der linken Hand und schlug den Hammer mit der rechten auf den vereisten Mund, um eine spätere Identifikation anhand von Zahnarztakten zu verhindern.

Der Hammer rutschte von dem tiefgefrorenen Objekt ab, ohne die geringste Spur zu hinterlassen. Fred fluchte leise und holte ein weiteres Mal aus. Er legte seine ganze Kraft in den Hieb, doch der Kopf wurde ihm dadurch aus der Hand geprellt und rollte den Trampelpfad hinunter, auf dem er gekommen war.

Fred eilte hinterher. Der Kopf aber war schneller, sprang von einer Grasnarbe zur nächsten und landete im Dickicht rechts vom Weg. Und dort stand ein gebeugter Mann mit seinem riesigen Hund im Schatten der Bäume.

„Gordon ist harmlos", sagte der statt einer Begrüßung und fragte dann: „Haben Sie etwas verloren?"

„Äh, ja", bestätigte Fred. „Ein Blumenkohl ist mir aus der Hand geglitten."

„Ein Blumenkohl also", konstatierte der Fremde, „hier auf dem Damm und mitten in der Nacht. Das wird Gründe haben, nicht wahr?"

„Ich bin Angler", gab Fred vor. „Mit dem Kohl locke ich die Fische an."

„Nachtangeln, so, so. Mit Gemüse. Was es alles gibt!" Er legte beruhigend die Hand auf den Kopf des irischen Wolfshundes. „Zufällig ist das mein See und ich weiß", er betonte das schelmisch, „womit meine Fische gefüttert werden."

Es entstand eine peinliche Pause. Fred überlegte, ob er dem Klugscheißer den Schädel einschlagen sollte, doch der Anblick des zotteligen Riesenviehs hielt ihn davon ab. Aber was tun, fragte er sich. Sein Gegenüber entband ihn von der Entscheidung.

„Der Morgen ist recht kalt. Wollen Sie nicht mit zu meinem Haus kommen? Nur auf einen heißen Tee? Ich wäre erfreut, denn es verläuft sich selten jemand hierher."

Fred sagte sofort zu, denn es war wirklich kühl. Und vielleicht bot sich in dem Haus die Gelegenheit, den Alten und seinen dämlichen Hund unschädlich zu machen. Er folgte den beiden, die sicher ihren Weg beschritten, obwohl die Dämmerung noch nicht hereingebrochen war. Bald standen sie vor einem kleinen Hof. Links neben dem mit Fachwerk gestützten Hauptgebäude lehnte eine alte Scheune. Auf der anderen Seite stand ein windschiefer Schuppen und daneben war schräg in einen felsigen Hügel eine mannshohe Luke eingelassen.

„Was ist das denn?", fragte Fred. „Ein Bunker?"

„Nein", antwortete der Alte. „Das ist ein Eiskeller. Den hat mein Urgroßvater gebaut."

„Ja, von so etwas habe ich gelesen. Funktioniert das mit dem Kühlen tatsächlich?"

„Ich benutze ihn nicht mehr. Die dafür nötigen Eisstangen werden nirgends mehr angeboten. In jungen Jahren habe ich im Winter Eisschollen vom zugefrorenen See geholt und da drinnen ausgelegt. Eine Plackerei, sage ich Ihnen, doch ich konnte damit Fisch lagern bis zum Wochenmarkt, auf dem ich einen Stand betrieben habe. Jetzt bin ich längst Rentner und fische nur noch für den Eigenbedarf."

Er sperrte die Tür auf und sie traten direkt in die Küche des kleinen Hauses. Deren Wände waren mit Holztäfelungen verkleidet, darin eingebaut eine grob gezimmerte Eckbank, davor ein ebensolcher Tisch. Gegenüber stand ein breitbeiniger Kohleherd, an den der Alte jetzt trat, um aus einer hohen Blechkanne Tee einzugießen.

„Setzen Sie sich doch", forderte er seinen Gast auf und reichte ihm eine Tasse, aus der es aromatisch dampfte. Er selbst nahm gemächlich Platz, und Gordon, der die ganze Zeit nicht von seiner Seite gewichen war, legte den Kopf auf seinen Schoß.

„Der Fisch aus dem See schmeckte früher viel besser", nahm er den Faden wieder auf. „Es herrschte ein buntes Gewimmel. Artenvielfalt nennt man das heute. Die Viecher fraßen einander und die besten überlebten. Das Fleisch eines Hechts schmeckt nun einmal am leckersten, wenn er sich von seinesgleichen genährt hat."

„Und warum hat sich das geändert?", heuchelte Fred Interesse.

„Es liegt am Futter. Qualitativ minderwertiges Futter wie … Blumenkohl zum Beispiel."

Freds Körper spannte sich zum Angriff, doch ein leises Knurren des sonst reglosen Hundes warnte ihn und er lehnte sich zurück an die Wand.

„Noch etwas Tee?" Der Alte tat, als hätte er nichts bemerkt. Ohne eine Antwort abzuwarten, goss er seinem Gast nach.

„Es kommen wirklich nicht mehr viele Leute hierher. Der See ist weit vom Schuss. Ohne Grund nimmt niemand den langen Weg auf sich. Und wer es tut, hat seine Gründe."

Fred schaute ihn an und hob fragend die Augenbrauen.

„Gemüseangler wie Sie", erläuterte der Alte ironisch. „Und die Fleischverfütterer."

Gordons Ohren zuckten nervös.

„Ganz ruhig, Junge", flüsterte der Alte und strich über den gewaltigen Kopf des Tieres. An Fred gewandt, fuhr er fort: „Wissen Sie, es kommen ungewöhnlich viele Serienmörder hierher, um ihre Opfer zu entsorgen. Ich fürchte, irgendjemand hat ihnen den Tipp gegeben, dass sie in meinem See gefahrlos alles abladen können. Stellen Sie sich vor, manchmal schwimmen mehr Leichenteile im Wasser, als meine armen Fischlein fressen können. Vor allem im Sommer ist das lästig und der arme Gordon hat eine so feine Nase!"

Der Kerl ist nicht ganz dicht, dachte Fred. Er musste unbedingt etwas unternehmen, aber mit einem Mal fühlte er sich zu müde, um auch nur aufzustehen. Er vermochte gerade noch, den Ausführungen seines Gastgebers zu folgen.

„Mitunter ist es schon recht einsam hier draußen. Ich rede dann viel mit Gordon, obwohl er sehr einsilbig ist. Die Idee mit der Annonce im Dark Net kam mir an solch einem Abend, an dem mir wieder einmal die Decke auf den Kopf fiel. Die passenden Formulierungen haute ich ohne jedes Zögern in die Tasten. Einsam gelegener See. Ungestörte Spaziergänge fernab von jeder Bundesstraße. Ein Waldstück voller Geheimnisse."

Fred konnte sich nicht mehr bewegen. Ängstlich starrte er den Alten an, der sich jetzt erhob und vor ihn trat. Er musste es über sich ergehen lassen, dass dessen gichtige Hand seine Wange tätschelte.

„Zugegeben, wegen des Eiskellers habe ich ein wenig geflunkert. In der Tat benutze ich ihn noch. Auch ohne Eis leistet er mir gute Dienste. Er ist hervorragend durchlüftet und die Felswände halten ihn kühl. Meine Gäste wissen das sehr zu schätzen."

Fred schwanden langsam die Sinne. Er wollte schreien, aber seine Zunge war gelähmt. Keiner seiner Muskeln ließ sich mehr kontrollieren. Nicht einmal die brennenden Augen konnte er schließen. Durch das Rauschen in seinen Ohren vernahm er entfernt die letzten Worte des Alten, der mit seinem Hund sprach, während er den restlichen Tee ausgoss.

„Nicht dran schlabbern, Junge. Das Zeug ist pfui!"

Er setzte sich wieder an den Tisch und betrachtete aufmerksam seinen Gast, den in flachen Atemzügen das Leben verließ. Sobald die Sonne aufging, würde er die Schubkarre aus dem Schuppen holen und den Toten aufladen, um ihn zum Eiskeller zu bringen. Dort saßen bereits sieben Herren in verschiedenen Stadien der Mumifikation in einem Stuhlkreis, der noch freie Plätze aufwies.

Niemals allein

Von Madelaine Dunschen

Toby stellte erschöpft den letzten Umzugskarton in sein neues Wohnzimmer und ließ sich auf seine schäbige grüne Couch sinken. Die letzten Wochen waren der buchstäbliche Horror gewesen. Toby hatte die Liebe seines Lebens, Cassie, an einen heißblütigen und braungebrannten Flirt, den sie im Urlaub kennengelernt hatte, verloren und schließlich wurde er auch seinen Job los, weil er es nach der Trennung einfach nicht mehr aus dem Bett geschafft hatte. Sein Arzt hatte es irgendwann nicht mehr eingesehen, ihn weiter krank zu schreiben. Als letzten Ausweg aus seiner Situation kratzte Toby deshalb all sein Geld zusammen und zog in ein altes kleines Häuschen am Rande einer Kleinstadt. Er hatte es zu einem Spottpreis bekommen und konnte sein Glück deshalb immer noch nicht fassen. Wer verkauft bitte ein solides, altes Haus für einen Apfel und ein Ei? (Natürlich nur im metaphorischen Sinne. Toby hatte zwar ein schönes Haus gefunden, aber lebte immer noch in Zeiten des Kapitalismus.) Er war überzeugt: Ab jetzt würde es für ihn nur noch aufwärts gehen. Was Toby zu dieser Zeit nicht wusste? Dass es für ihn alles andere als aufwärts gehen würde.

Nach einem erholsamen Power Nap entschloss er sich schließlich, das neue Haus etwas zu erkunden. Er wollte mit dem Einzug möglichst weit kommen, bevor er kommenden Montag seinen neuen Job anfing. In ein paar Tagen würde er das neue Gesicht des Marketingteams in einer kleinen Versicherungsfirma sein. Toby schlenderte durch das kleine Häuschen. Das Bad hatte braune 70er-Jahre-Fliesen und im Schlafzimmer lag blauer Teppichboden. Sicher war es nicht das schönste Haus oder das modernste, aber Toby war zufrieden. Er würde hier an diesem kleinen Fleckchen Erde einen Neustart wagen. Er würde das Haus renovieren und den blauen Teppichboden durch schönes Laminat ersetzen. Und wer weiß? Vielleicht würde er ja sogar jemanden finden, mit dem er sich dieses Zuhause teilen könnte. Während Toby den Flur entlang lief, entdeckte er eine Luke in der Decke über einem kleinen Schrank. Er hatte schon genug Staub in diesem alten Haus. Um die Luke würde er sich später kümmern.

Am nächsten Morgen entschloss er sich, seinen Nachbarn frisch gebackene Scones vorbeizubringen und sich vorzustellen. Zwar wohnte er in dem schäbigen grauen Häuschen mit der brüchige Holzvertäfelung, aber er musste ja nicht den gleichen ersten Eindruck hinterlassen wie sein Haus. Deshalb strich er sich sein erschreckend schnell dünner werdendes Haar zurecht und machte sich auf in Richtung der Nachbarn.

Das Haus der Nachbarn hatte einen schönen weißen Gartenzaun und im Vorgarten wuchsen Rosen. Toby nahm einen letzten tiefen Atemzug, bevor er an die roséfarbene

Holztür klopfte. Eine kleine Frau öffnete ihm die Tür und schaute ihn skeptisch an. Sie musste circa Mitte 40 sein und hatte kurze blonde Locken. Auf der Nase trug sie eine große runde Brille, hinter der sich hellblaue Augen befanden.

„Kann ich Ihnen irgendwie helfen?", fragte die Dame und öffnete die Tür keinen Zentimeter zu weit.

„Ja, ähm. Ich bin Toby. Toby Brown. Ich bin gestern in das Haus nebenan gezogen und wollte mich bei Ihnen vorstellen. Im Zeichen der guten Nachbarschaft habe ich Scones für sie gebacken", lächelte Toby und streckte der Frau den Teller mit dem Blumenmuster entgegen.

Die Frau lächelte jedoch nicht zurück. „John, kommst du mal bitte?" rief sie in den Flur ihres Hauses.

Toby wurde die Situation zunehmend unangenehm. Wieso war die Alte so frech? Nach ein paar Sekunden hörte man schwere Schritte den Flur entlanglaufen. Schließlich streckte ein dünner Mann ohne Haar sein Gesicht neben der Frau aus der Tür. Die Reflektion des Lichts in seiner Brille blendete Toby. Er hatte jetzt schon keine Lust mehr, mit dem Mann zu reden.

„Schatz, das soll wohl unser neuer Nachbar sein. Toby Brown soll er heißen", nuschelte die Dame dem Mann zu. Dieser hob seine Augenbrauen und schaute skeptisch über seine Brille.

„In welchem Haus wohnen Sie denn? Wir sind doch allein hier draußen", sprach er nun mit rauer Stimme.

„Na das Haus, das genau dort steht", sagte Toby leicht genervt und zeigte auf das kleine Häuschen.

„Das Haus wurde verkauft?", kam nun von der Frau.

Toby wurde das alles zu doof. „Ich sehe schon, Sie sind nicht so offen für neue Leute in der Gegend. Ist ja auch nicht schlimm. Die Scones können Sie behalten. Schönen Tag noch Herr und Frau …?", bohrte Toby.

„Miller. Wir heißen Miller. Wir meinten das mit dem Haus nicht böse. Wir hätten nur nicht gedacht, dass jemand dort einziehen möchte. Sie wissen schon, nach allem, was dort passiert ist. Mit dem Vorbesitzer, der damals verschwunden ist", beendete John schließlich die Erklärung.

Toby war verwirrt. Das hatte man ihm beim Kauf gar nicht gesagt. „Wo ist der Mann denn hin verschwunden?", wollte Toby nun wissen.

„Ach wissen Sie, das ist alles schon so lange her. Den Verschwundenen hat man nie gefunden. Der war aber auch verrückt. Der hat Stimmen gehört und meinte, Sachen hätten sich in dem Haus bewegt. Das war wieder so ein Irrer, der an Geister glaubt. Das kommt davon, wenn die Leute sich zu viel von diesem Müll im Fernsehen geben", sagte Margarete, wie Toby nun wusste.

„Oh. Okay, das wusste ich nicht. Naja, Vergangenes ist vergangen", sagte Toby und läutete den Abschied von den Millers ein.

Er wollte keine Sekunde länger mit diesen Freaks reden. Was zur Hölle hatte er sich dabei gedacht, die begrüßen zu wollen. „Da bist du einmal sozial und nett, Toby, und dann das", sagte er zu sich selbst.

Die erste Nacht im neuen Haus verlief gut. Toby schlief wie ein Baby und hatte auch keine Geister gesehen. Er schlenderte ins Bad, um sich für seinen ersten Tag im neuen Job fertig zu machen. Der Toby, der ihm im Spiegel entgegensah, sah erschöpft aus. Sein einst volles braunes Haar wurde immer dünner und seine blasse Haut sah auch nicht mehr so frisch aus.

„Junge, junge, junge. Da ist man gerade mal 38 geworden und schon ist der Lack ab!", sagte er zu sich selbst in einem amüsierten Ton. Natürlich lagen darin auch Selbstzweifel, aber darüber wollte Toby jetzt nicht nachdenken.

Schließlich kam er in die Küche, um sich einen Kaffee zu machen. Hatte er nicht gestern das Brot auf den Kühlschrank gelegt? Die Geister mussten es wohl verlegt haben, dachte Toby sich, und lächelte in sich hinein. Nach einem schnellen Frühstück machte er sich auf zur Arbeit.

„The show must go on", trällerte er vor sich hin und stieg in seinen VW Polo. Der Motor rasselte noch einmal bedrohlich und dann war es geschafft. Toby war wirklich gerade auf dem Weg in sein neues Leben.

Bei der kleinen Versicherungsfirma angekommen, stach ihm sofort die nette Dame am Empfang ins Auge. Sie hatte dunkelbraune Haare und mandelförmige, braune Augen. Als sie Toby sah, tanzten die Sommersprossen auf ihren Wangen, weil sie ihn anlächelte.

„Wenn sie jetzt noch Humor hat, ist sie meine Traumfrau", dachte Toby. Mit frischem Mut ging er an den Empfang und stellte sich vor. Er erfuhr, dass die Frau Martha hieß. Sie hatte sogar über seine schlechten Witze über den Angriff der Teppichmilben wegen dem blauen Teppichboden in seinem Schlafzimmer gelacht. Tobys Tag hätte nicht besser starten können.

Vielleicht würde sich ja wirklich alles zum Guten wenden. So ging es einige Wochen bei Toby. Er ging zur Arbeit, er brachte Martha Kaffee und lachte mit ihr. Jeden Morgen warfen ihm die Millers argwöhnische Blicke zu, wenn sie ihre Post reinholten, und jeden Morgen warf Toby ihnen ein: „Na, ein herrlicher Tag, nicht wahr?" entgegen.

Ihre Gruselgeschichten konnten sich die Millers sonst wo hinstecken, dachte Toby.

Die waren bestimmt einfach nur unglücklich in ihrem Haus, bei dem kein Grashalm auch nur einen Millimeter zu lang sein durfte. Die hatten bestimmt nur ein Problem damit, dass er kein Bänker oder Makler war, der ihre Nachbarschaft bereichert, indem er einen Porsche vor sein Haus stellt. Irgendwann kam jedoch der Punkt, an dem auch Toby einige

Sachen in seinem Haus komisch vorkamen. Erst letztens war er abends zu Bett gegangen und hatte Schritte in seiner Küche gehört, da hat er sich eingeredet, dass das einfach nur Rumspinnerei von seinem Hirn im Halbschlaf war. Aber ein paar Nächte später hatte er eine Tüte rascheln gehört. Er hatte sicherlich Mäuse im Haus. Toby schob alle komischen Gedanken bei Seite und konzentrierte sich auf seinen neuen Job. Außerdem hatte Martha ihm letztens ein Date zugesagt. Was konnte ihm jetzt noch passieren?

Bei der Arbeit angekommen setzte er sich an den Schreibtisch, nachdem er Martha eine Rose aus dem Garten der Millers mitgebracht hatte. Die würden bestimmt in Panik verfallen, wenn sie merken, dass eine Rose in ihrem perfekten Garten fehlt. Toby wurde von einem schweren Seufzer aus seinen Gedanken gerissen. Sein Tischnachbar Stewart ließ sich mal wieder schwer auf seinen Stuhl fallen und kippte dabei etwas von seinem Kaffee über den Tisch.

„Morgen, Toby. Du hast es unserer Martha wohl ganz schön angetan. Hab gehört, ihr geht bald auf ein Date? ... Wieso siehst du dann so nachdenklich aus?"

Toby warf seinem Kollegen Stewart ein gezwungenes Lächeln zu. „Ach, es ist nichts. Nur ein wenig Stress mit dem neuen Haus. Du weißt schon, die alten Gebäude machen nachts seltsame Geräusche."

Stewart nickte verständnisvoll. „Klar, solche Dinge können einem schon mal auf die Nerven gehen. Aber hey, lass dich davon nicht unterkriegen. Du hast bald ein Date mit Martha, du solltest gerade wirklich andere Dinge im Kopf haben als das Haus."

Toby wollte antworten, doch die Gedanken an die merkwürdigen Vorkommnisse in seinem Haus ließen ihn nicht los.

Die Schritte, das Rascheln, die kleinen Dinge, die nicht da waren, wo er sie hingelegt hatte.

Es beunruhigte ihn.

Am nächsten Tag, nach einer weiteren Nacht voller seltsamer Geräusche, beschloss Toby, die Sache endlich zu klären. Er musste wissen, was es mit den nervigen Geräuschen in seinem Haus auf sich hatte. Vielleicht waren es wirklich nur Mäuse oder es war etwas mit der alten Bausubstanz nicht in Ordnung. Geister waren es sicherlich nicht. Fest entschlossen machte er sich daran, das Haus gründlich zu durchsuchen. Er durchkämmte die Küche, das Schlafzimmer, sogar den Keller, aber nichts fiel ihm auf. Schließlich blieb nur noch die Luke im Flur übrig, die er seit seinem Einzug ignoriert hatte. Zögernd holte Toby eine Leiter und öffnete die Luke. Sie führte zu einem kleinen Dachboden, der kaum groß genug war, um aufrecht zu stehen.

Als Toby die staubige Leiter hinaufkletterte, spürte er ein seltsames Kribbeln im Nacken. Der Raum oben war dunkel und roch muffig, er bekam Angst, doch er zwang sich, weiterzugehen.

Mit einem knarzenden Geräusch schob er eine alte Truhe zur Seite, um den Boden darunter zu überprüfen. Plötzlich spürte er einen kalten Luftzug, und dann sah er es: Eine kleine, versteckte Tür, die in die Wand eingelassen war. Sie war so unauffällig, dass er sie ohne den Luftzug wohl nie entdeckt hätte. Seine Hand zitterte, als er nach der Klinke griff und die Tür vorsichtig öffnete. Zu Tobys Entsetzen führte die Tür in einen winzigen Raum, der kaum größer als ein Wandschrank war. Auf dem Boden lag eine alte Matratze, umgeben von leeren Konservendosen und vergilbten Zeitschriften. Doch was ihn am meisten erschütterte, war das Gefühl, nicht allein zu sein. Eine eisige Präsenz schien in der Dunkelheit des Raumes zu lauern. Dann sah er es – die Silhouette eines Mannes, verborgen im Schatten. Der Mann starrte ihn mit leeren Augen an.

Toby schrie auf und stolperte rückwärts, stürzte beinahe die Leiter hinunter. Sein Herz hämmerte in seiner Brust und seine Gedanken rasten, als er die Luke zuschlug. Wer war dieser Mann? Hatte er all die Zeit in seinem Haus gelebt … unbemerkt? Panik ergriff Toby. Er griff nach seinem Handy und wählte Marthas Nummer. Immerhin war sie die einzige Person, der er jetzt noch vertraute.

„Martha, ich … hier ist jemand in meinem Haus!", keuchte er ins Telefon. „Bitte, du musst mir helfen!"

Am anderen Ende der Leitung war eine lange Pause. Dann sprach Martha mit einer Stimme, die besorgt, aber auch zweifelnd klang. „Toby, das klingt verrückt. Meinst du nicht, dass du vielleicht ... naja, etwas übermüdet bist? In den letzten Monaten war ja sehr viel los bei dir. Vielleicht solltest du dich ausruhen."

„Nein!", schrie Toby ins Telefon. „Ich weiß, was ich gesehen habe! Dieser Mann ... er ist da oben, direkt über mir, all die Zeit! Er hat ... er hat mit mir zusammengelebt!"

Martha schwieg erneut, bevor sie schließlich leise sagte: „Toby, ich weiß nicht, was ich sagen soll. Vielleicht solltest du wirklich mit jemandem darüber reden. Wieso sollte jemand in deinem Haus wohnen? Du hattest ja letztens auf der Arbeit von Geistern geredet und so ..."

Doch bevor Toby etwas erwidern konnte, hörte er ein leises Geräusch hinter sich. Langsam drehte er sich um und sah den Mann aus dem kleinen Raum. In seiner Panik hatte Toby nicht gemerkt, dass er die Luke geöffnet hatte. Nun stieg der Mann langsam die Treppe hinab und kam mit einem Lächeln auf Toby zu. Toby ließ das Telefon fallen und rannte zur Tür, doch der Mann war schneller. Er packte ihn mit übermenschlicher Stärke und warf ihn zu Boden.

Verzweifelt versuchte Toby, sich zu wehren, aber der Mann war zu stark. Als Toby das Bewusstsein verlor, hörte er nur noch, wie der Fremde flüsterte: „Ich war immer hier, Toby. Immer."

Als Toby Stunden später wieder zu sich kam, war der Mann verschwunden und Toby war übersäht mit blauen Flecken. Das Haus war still, doch Tobys Verstand war zerrüttet. Niemand glaubte ihm. Die Polizei fand keine Spuren und die Nachbarn hielten ihn für verrückt. Auch Martha, die ihm so nahe gewesen war, wollte nichts mehr von ihm wissen.

Schon bald war er wieder einmal allein – allein in einem Haus, das für ihn nie wieder dasselbe sein würde. Denn tief in seinem Inneren wusste Toby, dass der Mann zurückkommen würde. Denn er war nie wirklich gegangen.

Dreamer Here Awake

Von Noá Lunara

Content-Warnung: Gewalt, Gore, Realitätsverlust

Ich öffnete die Augen und fand mich in einem kleinen Raum wieder. Unter mir spürte ich etwas Weiches. Ich blickte hinab, es war ein altes Bett, auf dem ich saß. Die Matratze war bereits durchgelegen, gelbe und bräunliche Flecken hatten sich auf dem weißen Laken verteilt und gaben dem Ganzen einen gammeligen Look. Riechen konnte ich es zum Glück nicht.

Ich sah mich um und suchte den Raum ab, versuchte, mich zu orientieren. Ein Holzschrank stand links neben der Tür und ein Schreibtisch auf der gegenüberliegenden Seite, vor dem Fenster.

Wo um alles in der Welt war ich nur?

Ich stand vorsichtig vom Bett auf und tapste auf das Fenster zu. Ich stellte mich auf Zehenspitzen und sah hinaus. Einzig der weite blaue Himmel breitete sich vor mir aus. Möwen flogen am Fenster vorbei. Ich blickte nach unten. Tosende Wellen brachen an den Felsen zur ... Festung?

Ich riss den Kopf erschrocken hoch, als es mir dämmerte. Ich war wieder hier. In dieser verfluchten Festung, von der ich immer wieder träumte.

Nur war ich diesmal mit meinem Astralkörper hier. Ich war angreifbar. Warum war ich hier? Warum so?

Ich wich zurück und spürte die Panik in mir aufkeimen. Mein Herz schlug mir bis zum Hals und ich zitterte wie Espenlaub.

Warum war ich wieder hier? Wer hatte mich hergebracht?

„Arawn? Wenn du mich hörst, hol mich raus", sagte ich leise.

Doch nichts passierte.

„Arawn? Ich flehe dich an, hol mich hier raus!", flehte ich nun lauter und panisch.

Doch es passierte wieder nichts.

Hoffnungslosigkeit machte sich in mir breit. Warum half er mir nicht?

Ich zwickte mir in den Oberarm.

„Dreamer here awake", probierte ich es auf eine andere Weise, die ich gelernt hatte.

Schritte. Ich hörte Schritte. Und sie kamen näher. Ich kannte das. Ich wusste was nun kommen würde.

Ich musste einsehen, dass ich hier erstmal gefangen war. In dieser verfluchten Festung. Wie war ich überhaupt hier gelandet?

Die Schritte stoppten. Ich flüchtete zum Schrank und öffnete diesen, stieg hinein und zog die Tür hinter mir leise zu. Zwischen dem gebrochenen Holz konnte ich rausschauen.

Ich hörte, wie sich die Zimmertür öffnete, quälend langsam und sie knarzte dabei. Es klang, als würde das Holz schreien. Ich kniff die Augen zusammen, konzentrierte mich auf meine Atmung. *Ruhig bleiben. Du bist nicht das erste Mal hier. Du weißt, wie es hier läuft.*

Ich öffnete die Augen und blickte nach draußen, sah den schmalen Rücken einer fein gekleideten Dame. Ihrer Kleidung nach zu urteilen entstammte sie dem viktorianischen England.

Ich verengte die Augen und musterte sie.

Ihr schwarzes Haar trug sie in einer Hochsteckfrisur, aus der sich einige Strähnen gelöst hatten. Ihr Kleid war blutrot und edel, sie musste definitiv aus der gehobenen Klasse stammen.

Ich konzentrierte mich, vielleicht konnte ich einen Blick auf ihre Seele erhaschen. Allerdings trat etwas anderes in mein Feld der Wahrnehmung. Ihre Schultern, sie bebten. Warum?

Ich horchte und bemerkte, dass sie weinte. Sie wimmerte leise und klagte so ihr Leid in den leeren Raum hinein.

Ich bekam Mitleid. Und für einen kurzen Moment vergaß ich, in welcher Festung ich saß und wie das hier enden würde.

Ich öffnete leise die Schranktür und trat hinaus.

„Madame?", fragte ich vorsichtig nach. „Kann ich Ihnen helfen?"

Das Wehklagen verstummte. Ihre Schultern verrieten nichts mehr von ihrem Leid.

Ich sah sie aufmerksam an und wollte meine Hand nach ihr ausstrecken, sie an der Schulter berühren, als sie sich herumdrehte und mir ihr Gesicht offenbarte.

Ich riss die Augen auf und strauchelte zurück.

Das Gesicht der Frau – es war nicht da. An der Stelle waren nur bleiche scharfe Knochen, an denen noch die Reste von fauligem Fleisch hingen. Getrocknetes Blut klebte unter den leeren Augenhöhlen.

Ich schrie schrill auf, als sie weiter auf mich zuging. Sie zerfiel immer weiter. Die Frau streckte ihren Arm nach mir aus, stöhnte schmerzverzerrt.

Ihre Haut am Arm löste sich auf, wurde welk und offenbarten mir Muskeln, die zerfielen und die darunter liegenden Knochen kamen zum Vorschein.

Sie verwelkte vor meinen Augen, wie eine blutige Rose. Ich stolperte rückwärts in den Schrank und kippte nach hinten, fiel durch die Wand durch und … landete weich?

Ich holte Luft und setzte mich auf. War ich etwa wieder zuhause? War ich wach?

Ich sah mich um und stellte fest, dass ich im Kellergeschoss der Festung sein musste.

Ich wimmerte frustriert und legte den Kopf in den Nacken.

Nein. Nein. Nein.

Warum?

Warum heute? Warum ich?

Bitte hilft mir jemand.

Das klirrende Geräusch von schweren Eisenketten holte mich zurück in meine aktuelle Realität. Ich sah in die Richtung des Geräusches und erstarrte. Ein hochgewachsener Mann stand in der Ecke, er wurde vom Schatten verborgen, aber seine Umrisse konnte ich dennoch erkennen.

Er hatte breite Schultern und war in Lumpen gekleidet. Er war wohl aus der ärmeren Schicht.

Ich verengte die Augen. Hielt er was in der Hand?

Ich hörte, wie Tropfen zu Boden fielen.

Platsch. Platsch.

Wenn ich es mir so recht überlege, möchte ich nicht wissen, was er in der Hand hielt.

Allerdings sollte ich hier keine Ansprüche haben. Der Mann trat aus dem Schatten heraus und warf mir das Objekt achtlos entgegen. Es war das abgezogene Gesicht der Frau, das vor meinen Füßen landete.

Ein gellender Schrei entfloh meinen Lippen und ich robbte nach hinten, spürte die kühle, nasse Wand im Rücken.

Ein scharrendes Geräusch war zu vernehmen und ich sah zu meinem wahr gewordenen Albtraum.

Der Mann hob eine Axt. Blut klebte an der scharfen Klinge.

Nein. Nein! So kann es nicht vorbeigehen.

Arawn, hilf mir bitte!

Ich hob meine Arme an, im kläglichen Versuch, mich abzuschirmen und zu schützen, als der Mann die Axt anhob und mit einem lauten Brüllen auf mich zu lief.

„Aus diesem Körper mit dir!", rief ich laut aus und eine pochende Welle ging durch den Raum.

Alles verstummte schlagartig, bis ich einen dumpfen Knall hörte.

Ich öffnete die Augen und ließ die Arme sinken.

Der Mann war umgekippt, er lag kerzengerade vor mir. Die Axt neben ihm.

Erleichterung machte sich breit.

Hatte ich es geschafft?

Vorsichtig stand ich auf, wollte auf den Mann zugehen, als ich umknickte und mir schwarz vor Augen wurde.

Sechs der Stäbe. Glückwunsch.

Ich schlug die Augen auf. Um mich herum war noch immer die Decke der Nacht ausgebreitet. Vorsichtig berührte ich die Fläche unter mir – es war eine Matratze. Ich richtete mich auf und sah mich um. Ich war in meinem Zimmer. Endlich.

Erleichtert atmete ich aus, als ich ein amüsiertes Kichern neben mir hörte. Ein kühler Luftzug erreichte mich und ich bekam eine Gänsehaut.

„Glückwunsch, du hast es in mein Reich geschafft", sprach eine tiefe raue Stimme.

Ich kniff die Augen zusammen.

„Arawn?!", rief ich empört aus.

„Stets zu Diensten." Damit verschwand die schwere kühle Energie neben mir.

Ich stöhnte genervt auf und ließ mich zurück in die Kissen fallen.

Es war ein Test. Die verfluchte Festung war ein Test!

Ich lachte trocken auf, verstummte jedoch schlagartig, als ich die Tür hörte.

Ich sah rüber.

Langsam öffnete sie sich, um die Türklinke war eine knochige bleiche Hand gelegt und ein blutroter Ärmel rückte in mein Blickfeld.

War ich noch immer gefangen in diesem verfluchten Albtraum?

Mir stockte der Atem, als ich die schrille Stimme der Frau vernahm.

„Dreamer here awake."

Auf Messers Schneide

Von Elise Mennenga

Content-Warnung: Tod, Leichen, psychische Probleme, Posttraumatische Belastungsstörung, Erwähnung von Gewalt und Suizidalität, Amoklauf

North Carolina, 1980

In der Küche der Swans sitzt eine Untote. Mit dem Rücken zur Wand und einem Messer in der Hand. Ihr Name ist Allison, Allison Jaylee Swan, die älteste Tochter der Familie. Aber alle nannten sie Ally. Sie war ein hübsches Mädchen. Beliebt. Beneidet.

Von all dem ist nicht mehr viel übrig. Die Untote hat verfilztes Haar mit gespaltenen Spitzen, matte, leere Augen, kreidebleiche Haut über hervorstehenden Knochen. An der Wand gegen die sich ihre Wirbelsäure bohrt, hängt ein Foto von der alten, der lebendigen Allison – strahlend blaue Augen, sonnengebräunte Haut, volles Haar und etwas Fleisch über den Wangenknochen. Sie lächelt die Reflexion dessen, was aus ihr geworden ist, in der Messerklinge herunter.

Die Küche der Swans ist tot. Das Haus ist tot. Alle sind fort. Die Uhr an der Wand gegenüber tickt noch, tick tack, aber sie tickt für nichts und niemanden mehr – niemand ist hier in Eile, alle sind schon am Ziel. Auf dem Friedhof, gleich die Straße herunter und dann links ein bisschen in den Wald hinein, aber nie so weit, dass die Motorengeräusche ganz verklingen.

Dort findet sich das frisch ausgehobene Familiengrab der Swans und es ist randvoll.

Audrey Juniper Swan und Cathrine Swan und Eddie Swan – obwohl sein Grab natürlich Edward sagt, das muss so – liegen dort unter einer hauchdünnen Schneedecke und gut sechs Fuß Erde. Nur Allison ist hier in der Küche. Mit dem Messer. Und der Uhr. Tick Tack.

Das Spiegelbild in der Klinge ändert sich. Augen werden kleiner, fallen zu und dann – TICK TACK. Allison reißt die Augen auf. Ihr ganzer Körper zuckt mit dem Rückstoß einer Phantomkugel und sie schnappt nach Luft, als das Tick ihr den Atem raubt und das Tack ihren Brustkorb zerschmettert. Ihr Schädel kollidiert mit der Wand und beinahe lässt sie das Messer fallen. Tick Tack. Aber natürlich ist da keine Kugel, die hat der Chefarzt höchstpersönlich herausoperiert. Das bleierne Gewicht zwischen ihren Rippenbogen ist längst weg, nichts als eine Vielleicht-Erinnerung, ungreifbar und allgegenwertig. Paradox.

Denn genau das ist die Krux an der Sache, das Problem, des Schicksals Ass im Ärmel. Allison ist jetzt ein Paradoxon: Sie ist tot, aber sie ist noch hier. Fast könnte sie glauben, sie wäre ein Geist, gebunden an dieses tote Haus, das Haus ihrer Kindheit, um es heimzusuchen bis in alle Tage – ihre unendliche, gerechte Strafe für das Leiden, das sie über ihre Familie gebracht hat, aber die verflossenen Tage auf der Intensivstation und schlaflosen Nächte in der Psychiatrie erzählen eine andere Geschichte. Allison ist kein Geist, sie ist ein Zombie.

Ihr wurde in die Brust geschossen, direkt ins Herz. Sieben Wochen ist das her. 19. Oktober 1980 um 10:57 Uhr in der Aula der örtlichen Highschool und am 19. Oktober 1980 ist sie gestorben, um 11:32 Uhr auf dem OP-Tisch im hiesigen Krankenhaus, wo ihr Vater einst angestellt war. Sieben Minuten ist sie tot gewesen, sieben Minuten im Himmel, und nun ist sie in der Hölle schon seit sieben langen Wochen. Tick Tack. Sie zuckt, die Muskeln, um die ihr mageres Messerspiegelbild sie betrügt, verkrampfen sich, ihr Herz macht einen unangenehm schnellen Schlag, aber das Mündungsfeuer bleibt aus. Keine Kugel in der Brust.

Solange sie wach bleibt, können das Haus und seine lahmen Tricks sie nicht kriegen. Solange sie hinsieht, ist die Uhr nur eine Uhr, das Ticken nicht mehr als ein entferntes Echo des Schusses, der Allison Swan getötet hat.

Sieben Minuten tot und kein neurologischer Schaden festzustellen, das grenzt an ein medizinisches Wunder, laut den Ärzten. Und wie stolz sie alle waren. Allison ist ihr Meisterwerk, ihr Lazarus, aber eigentlich ist sie Frankensteins Monster mit einer Kugel im Herzen, Mündungsfeuer in den Augen und dem Todesschrei ihrer kleinen Schwester in den Ohren.

Audrey ist zuerst gestorben. Direkt als der Amoklauf begann. Sie war zu nahe dran, keine Chance zu entkommen, aber gerade genug Zeit, vor dem endgültigen Aus tausend Tode der Angst zu sterben. Sie ist 14 geworden.

Allison wurde kurz danach erschossen, schreiend, weinend, über Audreys Leiche gebeugt und zwei Tage später ist sie im Krankenhaus wieder zu sich gekommen. Ihre Eltern haben es nie dort hingeschafft. Es hat Schneeregen gegeben am 19. Oktober, den ersten des Jahres, und keiner von beiden war in der Lage gewesen, sich auf die Fahrbahn oder den Gegenverkehr zu konzentrieren auf ihrem Weg ins Krankenhaus, wohl wissend, dass eine ihrer Töchter ihnen vorausgegangen war und das Leben der anderen auf der Schneide eines Skalpells lag.

Und das alles ist Allisons Schuld. Sie und ihre Freunde sind es gewesen, die Simon so weit getrieben haben, mit dem Gewehr in die Aula zu rennen. Sie alle, alle zusammen, aber natürlich ist nur Allison noch da.

Tick Tack. Wieder zuckt sie zusammen, wieder zwingt sie sich, die Uhr im Blick zu behalten, aber sie hat seit Tagen nicht geschlafen. Hat schon in der Psychiatrie begonnen, ihre Flucht aus der Jugendunterkunft zu planen, wohl wissend, dass sie nie jemand suchen würde.

Vielleicht hat sie doch etwas von einem Geist, einem Phantom, wenigstens ein bisschen, denn Frankensteins Monster hätte sicher mehr Aufsehen erregt.

Allison seufzt und lehnt ihren Kopf zurück. Das dumpfe Dröhnen in ihrem Schädel von der letzten Kollision mit der Wand ist noch immer nicht verhallt und sie schließt die Augen, um es von visuellen Reizen loszulösen, nur für einen Moment. Ein Fehler. TICK TACK. Allison schießt hoch, ein dummer Reflex, denn sie hätte sich ducken müssen, und natürlich trifft die Kugel sie mitten ins Herz und ihr Atem stockt, als ihre Rippen zerschmetterten. Sie fällt vorwärts auf die Knie, die Messerklinge unter ihrer linken Handfläche begraben, doch selbst wenn sie sich geschnitten hätte, hätte sie es niemals spüren können. Der Schmerz in ihrer Brust beansprucht jeden Nerv ihres Körpers für sich. Allison schnappt nach Luft, aber es hilft nichts – natürlich nicht, sie hat doch längst Blut in den Lungen. Sie blickt auf, panisch, bevor sich Erleichterung breit macht. Jetzt ist es gleich so weit. Jetzt wird sie sterben, und dann ist ihre Strafe endlich verbüßt und sie kann wieder bei ihrer Familie sein. Da sind Schritte. Es müssen ihre Schritte sein, oder? Audreys, Mums und Dads. Sie kommen, um Allison ins nächste Leben zu geleiten, und gleich wird sie weinen und ihnen sagen, wie leid es ihr tut und –

„Es wird dir leidtun."

Ein Schrei. Nicht Audreys, sondern ihr eigener. Die Schritte gehören zu ihrer Familie ja, aber nur zu dem, was noch von ihnen übrig ist. Drei Skelette stehen in der Küche der Swans. Merkwürdig verzerrte Skelette. Die Oberkörper zu lang und dünn, die Hände und Füße praktisch nicht existent. Skelette wie … Allisons Blick huscht zum Kühlschrank – und tatsächlich. Die Strichmännchen von Audreys allererstem Familienportrait, gezeichnet und voller Stolz aufgehangen an Weihnachten 1970, sind von dem vergilbten Papier gesprungen und haben sich vor Allison aufgebaut in einer unmenschlich anmutenden Mischung ihrer eigentlichen Körper und drei bis auf die Knochen verwesender Leichen.

„Wir wissen, was du vorhast", sagt ihre Mutter.

„Ich bitte dich, tu es nicht", flüstert Audrey und kniet sich zu ihr herunter. Allison schreckt zurück vor dem Geräusch von Knochen, die auf Knochen reiben. Ob sie auch so klingt, wenn sie sich bewegt?

„Es sind genug Unschuldige gestorben."

„Entweder sie oder ich", flüstert Allison, denn das ist der ganze Plan. Ein letzter Versuch. Sie wird hier in der Küche lauern, die Straße im Blick behalten und Simons kleine Schwester abpassen. Die einzige Person auf der Welt, die er gewarnt hat, fernzubleiben, bevor er an dem Tag zur Schule ging. Die Einzige, die ihm etwas bedeutet hat. Er konnte sterben, in dem Wissen, dass sie in Sicherheit war. Allison starb in dem Wissen, dass Audrey furchtbar gelitten hatte. Und jetzt war sie es, die gequält wurde, Tag ein, Tag aus, und er konnte in Frieden ruhen. Bis jetzt. Sie würde diesen Frieden zerstören, würde seiner Schwester das Messer ins Herz rammen und Rache nehmen in der Hoffnung, Wut und Hass und Verzweiflung wären dann endlich stark genug, dass sie sich selbst daran wiederbeleben könnte. Und falls nicht ...

Allison blinzelt. Die Strichmännchenskelette sind verschwunden; zurück in ihr Bild am Kühlschrank gesprungen. Tick Tack. Alles beim Alten. Draußen ist es dunkel geworden. Sie hat Simons Schwester lange verpasst. Aber vielleicht hat Audrey ja Recht und es sind genug Unschuldige gestorben. Vielleicht wird es Zeit, die Leichen einzuäschern und weiterzuziehen.

Das Haus der Swans brennt bis auf die Grundmauern nieder in dieser Nacht. Das Feuer wurde in der Küche gelegt, wird der Brandermittler später feststellen. Und Allison? Sie sitzt an Bord einer Boeing 727 über den Wolken, irgendwo zwischen Himmel und Hölle, mit einem Plastikmesser in der Hand. In der Klinge spiegelt sich rein gar nichts.

Hinter der gelben Tapete

Von Laura Pellizzari

Content-Warnung: Femizid, Sturz aus großer Höhe, Isolation

Ich sah Jane zum ersten Mal, als sie an einem sonnigen Junitag aus der Kutsche stieg.

Sie war eine nette Überraschung, so anders als all die anderen Frauen, die mein Haus in den letzten Jahren für den Sommer gebucht hatten. Schon auf den ersten Blick konnte man ihr ansehen, wie jung sie war. Ein freundliches Gesicht, fast schon schüchterne Augen. Etwas blass vielleicht. Aber definitiv kein reiches Gör, das den Sommer damit verbringen würde, Gift und Galle zu versprühen. Sie strahlte etwas Zufriedenes aus, das reinste Glück – doch gleichzeitig auch eine Dunkelheit, die ich mir nicht ganz erklären konnte. Und die ich gleichzeitig selbst so gut kannte.

Dann öffnete sich die Kutschentür hinter ihr erneut, ihr Mann stieg aus und schlussendlich auch eine Amme mit dem Kleinen auf ihrem Arm, noch keinen Monat alt. Ich kannte ihren Mann. Wut flammte in mir auf, alte Wut, das Ergebnis nie verheilter Wunden. John, ein Arzt, immer ernst, immer besorgt, zumindest scheinbar. An die Vierzig, sie war nicht seine erste Frau. Die andere war jung gestorben, ein Unfall, natürlich, eine Tragödie.

Als Jane sich zur Amme umdrehte, um ihr den Kleinen abzunehmen, schlägt John ihre Hand weg. „Mach dir keine Sorgen, Jane!", murmelte er, mehr zu sich selbst als zu seiner Frau. „Nora kümmert sich um den Jungen. Du musst dich ausruhen."

Jane kaute verunsichert auf ihrer Lippe herum. Immerhin war sie nicht krank, zumindest fühlte sie sich nicht so. „Wenn mein Mann kein Arzt wäre, dann wäre ich schon lange wieder gesund!", würde sie später in ihr heimliches Tagebuch schreiben, während ich sie beobachtete. Sie glaubte nicht an die leichte Hysterie, mit der sie ihr Mann diagnostiziert hatte, schon zwei Tage nach der Geburt ihres Sohnes. Aber was Jane dachte, war unwichtig, John war der Arzt, der Mann im Haus, Jane war die Frau und musste gehorchen. Also schluckte sie Phosphate oder Phosphite – was der Unterschied denn jetzt genau war, wusste sie nicht sicher – und trank ekelhaft bittere Tränke, machte lange Spaziergänge, verbrachte den Sommer außerhalb der Stadt in meinem Haus.

Doch die Kur half nichts. Niemand wusste so genau, nach welchen Zeichen der Besserung John Ausschau hielt, aber scheinbar waren sie bisher noch nicht eingetreten.

Immer strengere Regeln, immer bittere Tränke, nein, keine Arbeit, Jane durfte nicht arbeiten, nicht schreiben, keine

Menschen sehen, außer ihn natürlich, auch wenn sie weinte und bettelte, und John anflehte, sie den Kleinen sehen zu lassen. Doch John gab nicht nach, blieb kalt, verordnete ihr Ruhe, komplette Ruhe, ab ins Bett mit dem kleinen Mädchen! Steckte sie ins gelbe Zimmer, mein Zimmer, deckte sie zu wie ein Kind, und ließ sie allein. Allein mit ihren Gedanken, allein mit mir. Doch mich bemerkte sie zuerst gar nicht, zu beschäftigt war sie mit sich selbst, mit der Sorge um den Kleinen, ihr erstes, natürlich, und ein Schreier, den man bis herauf unters Dach hört, Tag ein, Tag aus. Aber vielleicht war es auch gar nicht ihr Kind, das ich schreien hörte. Vielleicht war es die Hitze, die dafür sorgt, dass Gegenwart und Vergangenheit ineinanderflossen, als wären sie eines, als würden sie gleichzeitig stattfinden, als hätten sie beide nie existiert.

Jane schlief nicht, konnte nicht schlafen. Tat nur so, als würde sie es tun, wenn John mal wieder zu ihr kam, um ihre Genesung zu überprüfen. Die restliche Zeit beobachtete sie, aus ihren großen blauen Augen, denen nichts zu entgehen schien. Nicht die Schäden am Holz des Bodens, nicht die Feuchtigkeit, durch die sich die Tapete wellte, nicht das kaputte Gewächshaus direkt unter dem Südfenster, nicht dieses eine Fenster, das neuer war als die anderen.

„Ich glaube, das hier war mal ein Kinderzimmer!", erzählte sie John während einem seiner Besuche. Er grummelte nur seine Zustimmung, reagierte gar nicht richtig, als wäre er an einem anderen Ort, in einer anderen Zeit, während sie ihm die Lebensgeschichte meines Kindes erzählte, oder zumindest das, was sie sich zusammengereimt hatte. Ein Kind, wahrscheinlich ein Bub. Ein Problemkind, ein Kind ohne Bewusstsein für Gefahr. Ein lauter Junge, frech, ausgelassen, viel zu waghalsig musste er gewesen sein, denn die Fenster waren vergittert. Nicht, dass uns die Gitter gerettet hätten, als es darauf ankam. Jane lag mit ihrer Vermutung fast richtig – doch es war ein Mädchen gewesen, das hier aufgewachsen war. Erica.

„Aber ich kann die Tapete nicht ausstehen", beschwerte sich Jane. „Sie ist schrecklich. Siehst du, wie durcheinander das ganze Muster ist?" Sie rümpfte die Nase. „Der Junge muss sie gehasst haben. Siehst du nicht, dass er versucht hat, sie abzunehmen? Armer Junge, ich wünschte, ich hätte ihm dabei helfen können."

Naives Mädchen. Sah nur das Offensichtlichste, nur die Oberfläche. Dabei war ich es gewesen, die die Tapete abgekratzt hatte. Ich wollte, dass man sah, was in diesem Raum passiert war. Wollte die Kratzspuren unter der Tapete sichtbar machen, die Blutflecken, meine Verzweiflung, meinen Schmerz, Ericas Leid.

Ich beobachtete Jane, sehe wie sie auf die Tapete reagiert, wie sie auf mich reagiert, wenn sie sich unbeobachtet glaubt. Las über ihre Schulter mit, was sie darüber schrieb.

Sie meinte mein gebrochenes Genick in den Mustern auf der Wand erkennen zu können. Erkannte meine Augen, die sie beobachteten, immer nur beobachteten, den ganzen Tag lang. Sie sah meinen Sturz, glaubte ihn erkennen zu können, auch wenn sie ihn nicht so nannte. Noch nicht. Doch sie hatte noch zwei Monate mit mir, würde noch sehen.

Es arbeitete in ihrem Kopf. Jane begann sich zu verändern. Ihr Atem wurde flach und schnell, wenn sie zu mir schaute. Sie wurde noch blasser als sie es bei ihrer Anreise war.

Die Einsamkeit tat ihr nicht gut, manchmal murmelte sie einfach vor sich hin, obwohl sie allein war, obwohl niemand hier war. Und ich sah, dass auch John bemerkte, dass sie sich veränderte. Armer John, hatte eine kaputte Frau bekommen, die nicht funktionierte, wie sie sollte. Die ihn abends nicht mit Küssen und offenen Beinen erwartete, sondern ihm von Tapeten erzählte. Das zweite Mal schon, dem Pechvogel blieb ja auch nichts erspart.

„Siehst du?", fragte Jane. Ihre Stimme überschlug sich, war zu hoch, um noch gesund zu sein. Energisch deutete sie auf eine Stelle an der westlichen Wand. „Hier ist die Farbe anders. Heller."

Armer John, dachte sogar schon darüber nach, seine Frau wegzuschicken, dabei wusste er noch nicht mal, was seine Frau machte, wenn er nicht bei ihr war. Vor der Westwand stand sie, mit vor Tränen nassem Gesicht starrte sie auf die Stelle, hinter der ich stand und sie genauso intensiv beobachtete wie sie mich. Wenn sie sich endlich mal wegdrehte, betrachtete sie trotzdem weiter die Tapete, studierte sie regelrecht. Schaute sich jeden Zentimeter der Wand genauer an als wohl je jemand vor ihr, fuhr mit dem Finger die Muster nach. Und manchmal zuckte sie zusammen, als hätte man sie geschlagen, als hätte ich sie geschlagen. „Bitte tu mir nichts!", flüsterte sie mir zu. „Hör auf damit!"

Ich wusste nicht, was sie meint. Wahrscheinlich wusste das niemand von uns, ich nicht, John nicht, vielleicht nicht mal Jane selbst. Nachts weckte sie John auf, wenn er sich trotzdem mal zu ihr geschlichen hatte, schüttelte ihn wach oder begann zu schreien. Ich solle aufhören, solle nicht so schreien, solle die Tapete nicht so schütteln, ihr sei schon ganz schwindelig. Doch ich tat nichts davon. Ich war tot, ich konnte nichts tun, gestorben an einem gebrochenen Genick vor sicher schon zehn Jahren, an einem Sturz, der nie hätte passieren dürfen. Ich beobachtete nur, von meinem Platz hinter der Wand.

Einmal sprang sie nachts auf, als hätte sie etwas gestochen und schlug gegen die Wand, an meine Stelle. Auch ohne Körper spürte ich die Wucht, die Erschütterung, Janes Zorn.

„Lass mich!", schrie sie mich an, die Wand an, „Lass mich schlafen!"

Doch sie schlief nicht, schlief nie, nickte höchstens kurz weg. „Ich will nach Hause!", murmelte sie am nächsten Morgen, kurz bevor John zur Arbeit gehen würde. „Ich kann nicht mehr. Ich muss nach Hause."

John antwortete nicht mehr, schloss die Tür hinter sich, als hätte seine Frau nichts gesagt. Er weigerte sich, ihren Schmerz zu sehen, ihre Einsamkeit, ihre Krankheit. Für ihn war das alles nur ein Spiel, ein Versuch von Jane, seine Autorität zu untergraben.

Das war die Schwäche der Männer. Vielleicht wäre sonst alles anders gekommen. Für mich und meine Tochter und für Jane.

„Wie hältst du das aus?", flüsterte Jane mir in einer anderen Nacht zu, die Augen weit aufgerissen. „Ganz allein hinter Gittern, seit wer weiß wie langer Zeit. Kein Wunder, dass du mich wachhältst. Du willst nicht mehr allein sein. So wie ich."

Verschwinde, wollte ich ihr zurufen. Lauf weg, solange du noch Kraft hast. Doch Jane hörte meine Warnung nicht, zuckte nicht mal. Aber irgendwas schien bei ihr anzukommen. Ein Gefühl der Vorsicht, der Angst, ein Gefühl dieser Art. Wenn John jetzt zu ihr kam, beobachtete sie ihn mit einem gefährlichen Glitzern in den Augen.

„Du bist nicht allein!", flüsterte sie mir nachts zu. „Du bist nicht allein!" Ich war mir nicht sicher, ob sie von sich sprach, oder ob sie etwas wahrnahm, das ich nicht sehen konnte. Ich war tot, ich sollte keine Angst vor Geistern haben. Doch Janes Verhalten ließ mich wundern, ob ich wirklich so allein war, wie ich es immer geglaubt hatte. War Erica hier? Warum konnte ich sie dann nicht sehen? Sie war meine Tochter, ich sollte sie sehen können, wenn sie tatsächlich hier war. Ich war ihre Mutter, auch jetzt noch.

Und ich fragte mich, wer wohl sonst noch hier war. Jane sprach von Frauen, nicht nur von mir, auch von anderen, von so vielen Frauen, die alle hier waren, im Zimmer, hinter der Wand, aber auch im Schatten im Garten, in den Fenstern, in ihrem Spiegel, den John für sie mit einer Decke abdecken muss. „Ich kann nicht mehr!", murmelte er dabei leise, unhörbar für Jane, nicht für mich. „Bitte hör auf, hör auf, hör auf!"

Doch sie hörte nicht auf, es wurde nur schlimmer. Dabei hätte sie es fast schon geschafft. Nur noch zwei Tage und der Sommer wäre um. Doch John wurde unvorsichtig. Vergaß den Zimmerschlüssel. Und Jane sperrte ab. Sperrte ab und warf den Schlüssel aus dem Fenster. „Jetzt sind wir endlich allein!", murmelte sie. „Endlich allein. Ich hol dich hier raus!"

Sie arbeitete schnell, obwohl sie nur ihre Hände hatte. Mit den Fingernägeln kratzte sie die Tapete von der Wand, riss breite Stücke ab, arbeitete wie im Wahn. Alles musste weg, jedes Stück Papier, egal wie klein. Ihre Fingernägel brachen, ihre Hände bluteten, ihr Haar und ihr Gesicht waren voll Staub, doch sie bemerkte es nicht. Da war nur die Tapete, die sie von Anfang an gehasst hatte, die sie jetzt endlich loswurde. Jane bemerkte nicht, dass sie mich befreit hatte, sie machte einfach weiter und weiter und weiter, bis sie zusammenbrach. Und selbst liegend hörte sie nicht auf, sondern zupfte Papierreste von der Wand ganz knapp über dem Boden.

Ein Krachen, das Splittern von Holz. John, der aufschrie, als er seine Frau am Boden liegen sah, mit all dem Blut an ihren Händen und an der Wand. Nicht nur ihr Blut, auch meines, auch Ericas von damals, dunkelbraun, schon längst vertrocknet. Als Jane ihn bemerkte, lachte sie auf. Langsam stemmte sie sich hoch, bemerkte den Schmerz nicht, der durch ihren Körper schießen musste, als sie sich auf den verletzten Händen abstützte. Ihr Haar war chaotisch, ihr Kleid verdreckt, ihr Gesicht ebenfalls. „Ich habe es rausgeschafft!", murmelte sie und ich erstarrte, als ich hörte, mit wessen Stimme sie sprach. Erica. Meine Erica sprach, war jetzt endlich frei. Konnte endlich Rache nehmen für das, was damals passiert ist. „Ich bin frei, obwohl du es verhindern wolltest, mit allem, was in deiner Kraft stand." Jane lächelte, doch ich sah an ihren Augen, dass es nicht sie war, die sprach. Mein Mädchen hatte die Kontrolle übernommen. Zufrieden musste ich grinsen. Ich konnte es kaum erwarten, zu erfahren, was meine Tochter mit ihrem Mörder, ihrem Ehemann, anstellen würde, jetzt, wo sie es so weit geschafft hatte.

Brüderlein mein

Von Christine Kulgart

Content-Warnung: Suizid, Hinweise häuslicher Gewalt

Im Dämmerlicht wirkte das Anwesen, als habe jemand jegliche Farbe herausgesaugt. Die Wände waren grau, die prunkvollen Perserteppiche zeigten Abstufungen grauer Schattierungen und sogar der Garten erschien wie die Grisaille-Kunstwerke, die Jeremias ihm gezeigt hatte und die er an der eigenen Staffelei zu imitieren versucht hatte. Gedankenverloren stand Elias am Fenster, in seinen Händen eines der Diamanttäubchen, die sein Bruder in einem großen Käfig im Salon hielt. Der Vogel in seinen Händen zitterte und gurrte sanft, während der Wind an den Vorhängen riss und Elias das kastanienfarbene Haar ins Gesicht blies. Vater hatte die Vögel erlaubt, da ihre Stimmen selbst während der Paarungszeit leise und sanft waren – leiser als die Wellen, die in der Bucht gegen die Felsen schlugen.

Auch das Täubchen war grau gegen Elias' blasse Finger, als er es an seine Lippen hob und einen Kuss auf den Kopf des Vögleins drückte. Er schloss die Augen und presste seine Stirn gegen den warmen, federleichten Körper des Tieres.

„Mein Herr, es ist Zeit für das Abendessen."

Elias zuckte zusammen und blickte auf. Der Oberhofmeister Zimmermann stand mit hinter dem Rücken verschränkten Armen in dem halbdunklen Salon, während zwei Dienstmädchen hinter ihm durch die Tür schlüpften und zum Käfig der Diamanttäubchen liefen. Eines der Mädchen würgte, während das andere sie anzischte und nach dem Seidentuch, das den Käfig normalerweise abdeckte, griff. Wie ein Leichentuch lag es zerknittert auf dem Boden.

Zimmermann verzog das Gesicht und näherte sich dem jungen Grafen, der immer noch am Fenster stand. Mit seinen weiß behandschuhten Händen griff er nach dem reglosen, toten Vogel in Elias' Händen.

„Jeremias muss vergessen haben, sie zu füttern", murmelte Elias verwirrt und strich sich eine Feder von der Handfläche.

„Das muss er wohl. Nun kommt, es ist zu kalt, um hier zu verweilen."

Mit angewiderter Miene gab der Oberhofmeister das tote Tier an eines der Dienstmädchen weiter. „Und macht, dass jemand den Käfig ausleert", befahl er, ehe er den Grafen aus dem Salon führte.

Sie liefen durch das Anwesen, vorbei an verhangenen Spiegeln und flackernden Kerzen, während das Haus ächzte und stöhnte. Man zahlt für den Ausblick mit dem Lärm des Hauses, hatte der alte Graf stets gesagt, wenn Stürme die Wände erzittern ließen.

An der langen Tafel im Speisesaal, beobachtet von den vielen in Öl gemalten Augen ihrer Ahnen, saß Jeremias und ließ einen Apfel von einer Hand zur anderen rollen und blickte mit einem schelmischen Lächeln auf, als sein kleiner Bruder in das Zimmer gebracht wurde.

„Die Tauben ...," begann Elias, doch Oberhofmeister Zimmermann drückte eindringlich seine Schulter, noch ehe Jeremias antworten konnte.

„Macht Euch darüber keine Sorgen, mein Herr. Die Suppe wartet."

„Sie sollen sie in der nächsten Suppe kochen, dann sind sie noch zu etwas gut", lachte Jeremias und kippte sich den Wein aus seinem Glas in die Kehle, während sein Bruder ihn mit Terror in den Augen anblickte.

*

Jeder Blitzschlag malte Schatten an die Wand, die sich wie Risse im Gemäuer bis zur bemalten Decke zogen. Mit jedem Donner schien das Gebäude zu erzittern, als habe das Fundament nur darauf gewartet, endlich nachzugeben. Der sandige Boden war niemals stabil gewesen und selbst das härteste Gestein wurde unter dem konstanten Druck des Salzwasser früher oder später porös. Elias blickte auf seine Tasse und beobachtete, wie der Tee, der im Dämmerlicht beinahe blutrot wirkte, erzitterte. Einzelne Tropfen rannen an der Seite hinab und sammelten sich in der Untertasse, deren goldener Rand einen Sprung aufwies. Wie so viele Dinge in dem Anwesen hoch über den Klippen der See war auch das Geschirr abgenutzt und stellte nur noch einen Schatten des Prunks vergangener Tage dar.

Doch Jeremias' Lachen hallte durch den Salon, lauter als der Donner – laut genug, um die Fensterscheiben und das Teeservice klirren zu lassen.

„Das ist mein liebstes Wetter. Ich habe mir stets vorgestellt, wie Schiffe an den Klippen zerschellen, wenn es stürmt wie heute."

Elias sah seinen Bruder über den Tisch hinweg an und runzelte die Stirn. „So ein Unglück wünscht du anderen?"

Wieder lachte Jeremias und lehnte sich zurück, während der nächste Blitz sein Haar wie flüssiges Gold leuchten ließ. Gerade wollte er nach seiner Teetasse greifen, als das Dienstmädchen sich näherte und die Tasse zusammen mit der leeren Kanne, der Zuckerdose und dem Milchkännchen auf ein Tablett räumte, vor Elias knickste und das Geschirr schließlich aus dem Zimmer brachte.

Jeremias schüttelte den Kopf. „Immer passiert das. Unter Vaters Herrschaft wäre das nicht passiert. Du brauchst besseres Personal, Brüderchen."

Elias fuhr mit dem Finger am Rand seiner Tasse entlang. „Du trägst die Verantwortung, nicht ich."

Mit einem schiefen Lächeln schwang Jeremias ein Bein über die Armlehne des Stuhls. „Ist das so?" Der nächste Blitz verwandelte Jeremias' Gesicht in ein Tal aus Schatten und Licht und für einen Moment glaubte Elias, in das Antlitz eines Schädels zu blicken.

*

„Langweilig, langweilig, langweilig!"

Jeremias saß auf der Tischkante des großen Schreibtischs und trat mit dem Fuß in die Luft, ehe er die Dokumente mit einer wütenden Geste vom Tisch fegte. Wie von Geisterhand war der Stapel, den es zu unterschreiben galt, schnell wieder mittig bereit, um von Elias bearbeitet zu werden.

„Warum machst du es nicht?", fragte er seinen Bruder entnervt und griff nach seinem Füllhalter, um seine Unterschrift unter die Angelegenheiten zu setzen.

„Mein Herr?", fragte Zimmermann, als er die Dokumente vor Elias zurechtrückte. Der junge Graf blinzelte und starrte seinen Bruder an, doch dieser war verschwunden – wie so oft, wenn Elias' Aufmerksamkeit nur für einen Moment abschweifte.

„Ich weiß, dass diese Zeit sehr hart für Euch ist. Aber bis ... bis eine Entscheidung gefallen ist, müsst Ihr das Anwesen leiten", erklärte Zimmermann geduldig.

„Eine Entscheidung?" Die Verwirrung auf Elias' Gesicht verstärkte sich noch mehr.

„Mein Herr, Ihr seht doch selbst, dass es so nicht weitergeht."

Elias antwortete nicht und begann stattdessen, die Dokumente zu unterzeichnen, ohne auf ihren Inhalt zu achten.

*

„Sie kommen. Du solltest die Türen verriegeln lassen." Jeremias lehnte an der Wand, eine Zigarette zwischen den Lippen und ein abgebranntes Streichholz in der Hand. Elias konnte den Schwefelgeruch nicht riechen und auch das übliche Aroma zwischen schwerem Parfüm und Zigarettenrauch, das an seinem Bruder klebte wie Spinnenweben, fehlte.

Es fehlte bereits eine ganze Weile.

„Warum denn?"

„Sie werden dich holen, Brüderchen."

„Aber warum?"

Jeremias lachte – kalt und grausam, ehe seine kalte Hand sich auf Elias' Schulter legte. „Weil du Dinge siehst, die nicht hier sind. Weil du nicht in der Lage bist, als Graf zu agieren." Er lehnte sich vorwärts, so nah, dass seine Lippen beinahe Elias' Wange berührten: „Weil sie wissen, dass du es warst, der mich von der Klippe gestoßen hat."

Elias stolperte rückwärts, gerade in dem Moment, als sich die Tür zu seinem Zimmer öffnete. Dort stand der Oberhofmeister, mehrere Gendarmen hinter ihm wie die Zinnsoldaten, die Elias und Jeremias früher gemeinsam aufgestellt hatten.

Früher, bevor Jeremias kalt und distanziert wurde. Früher, bevor er seine Wut an Elias ausließ. Früher, bevor ihr Vater starb und die plötzliche Macht Jeremias trunken machte, seine Wutausbrüche brutaler als je zuvor.

„Mein Herr, kommt Ihr freiwillig oder müssen wir Gewalt anwenden?" fragte Zimmermann, und Elias sah, wie mehrere Hände zu den Waffen in den Gürteln der Gendarmen flogen.

Er blickte zur Seite, doch Jeremias war nicht mehr da. Nur ein weiterer, verhangener Spiegel, nur das ewige Ächzen des Hauses, das sich innerhalb so kurzer Zeit in ein Mausoleum verwandelt hatte.

„Er hat es verdient", murmelte Elias. Ein Blitz erhellte sein Gesicht für einen Moment.

„Mein Herr – nein!"

Die Fensterläden schlugen so stark gegen die Mauern, dass Putz von den Wänden bröckelte. Unter dem Gewicht zu vieler Jahrzehnte stöhnte das Anwesen als Zimmermann und die Gendarmen zum Fenster eilten, um den Körper des jungen Grafen im Hof liegen zu sehen, sein Blut vermischt mit dem Regen, der hier niemals aufzuhören schien.

Unsere Autor:innen

Jürgen Artmann

Jürgen Artmann, Jahrgang 1970, lebt in Strasbourg und in Frankfurt. Bis zu seinem dreißigsten Lebensjahr schrieb Jürgen Artmann für lokale Tageszeitungen und für Fachzeitschriften. Nach Jahren der beruflichen Karriere veröffentlicht er zunehmend literarische Texte. Diese sind in zahlreichen Literaturzeitschriften erschienen.

Helmut Blepp

* 1959 in Mannheim, selbstständiger Trainer und Berater (Arbeitsrecht); lebt in Lampertheim; vier Lyrikbände, zahlreiche Veröffentlichungen in Anthologien und Zeitschriften; Mitglied Gesellschaft für zeitgenössische Lyrik e.V., Joachim Ringelnatz-Verein e. V., Gruppe 48 e. V.

Adam DelRay

Adam DelRey, Jahrgang 1985, Pronomen "Er", ist als Art Director im Münchner Raum tätig. Er mag Worte, Seen, historischen mittelalterlichen Kampfsport, Hunde und Katzen, sowie lakonische Kurzbiografien. "Durch das Fenster" ist seine Erstveröffentlichung.

Madelaine Dunschen

M. Dunschen kommt aus dem beschaulichen Städtchen Paderborn und hatte schon immer eine Vorliebe für Fantasy und für das Skurrile. In ihrer Freizeit widmet sie sich nicht nur der Literatur, sondern liebt es auch, zu malen. Auf Instagram findet man sie unter @my_cozy_book_page und @maddi_arts.

Tina Flocke

Geboren in einem Land, das in dieser Form seit drei Jahrzehnten nicht mehr existiert, lebt und arbeitet Tina Flocke heute in Nordrhein-Westfalen.

Bücher lesen, die unendliche Welt der Wörter, Schreiben – all das mochte sie bereits als Kind. Im Laufe der Zeit hat sich Liebe daraus entwickelt. Das Schreiben ist zusätzlich eine verlässliche Coping-Strategie für sie geworden, um Erlebtes zu verarbeiten, ihre Gedanken und Emotionen zu entwirren.

Ihr Debüt hatte Tina mit „Von Gespenstern und Menschen", welches im Rahmen des Thalia Storyteller Award im Januar 2024 bei Story.one erschien. Sie vermischt in ihren Geschichten gerne Autobiografisches mit Fiktion und ist dabei auf kein spezifisches Genre festgelegt. Aktuell schreibt sie u.a. an ihrer zweiten Novelle.

Herbert Glaser

Herbert Glaser, Jahrgang 1961, arbeitet als Sounddesigner bei einem großen Münchner Fernsehsender und legt dabei fehlende Töne für Spielfilme und Dokumentationen aller Art an.

Inzwischen gibt es über 40 Kurzgeschichtensammlungen verschiedenster Verlage, in die eine Geschichte oder ein Gedicht von ihm aufgenommen wurde.

2019 erschien im Verlag tredition sein erster Roman „Neustart" und ein Jahr später die Anthologie „kurz und schmerzend" mit allen bis dahin geschriebenen Kurzgeschichten.

Mit seiner Frau lebt er nördlich von München. Sie freuen sich über drei erwachsene Kinder und fünf Enkel.

https://autor-herbert-glaser.jimdosite.com

Nina Grevener

Nina Grevener, geboren 1991, studierte an der Ruprecht-Karls-Universität Heidelberg Englische Literaturwissenschaften, Japanologie und Germanistik im Kulturvergleich. Nach ihrem Masterabschluss ließ sie sich zur Buchhändlerin ausbilden und arbeitet seit 2024 als Bibliothekarin.

Neben ihrem Job promoviert die gebürtige Sauerländerin im Fach Englische Literaturwissenschaften an ihrer Alma Mater.

Bei Story.One erschienen: „Der leise Gesang der Dinge", „Zugvogel", „Tagebuchträumerin" und „Der Mann im Dom". „Zugvogel" schaffte es bei den Story.One Book Awards 2023 in der Kategorie „Echtes Leben" auf die Longlist. „Der Mann im Dom" hat es bei den Thalia Storyteller Awards sogar unter die besten zehn in der Kategorie „local stories: Köln" geschafft.

Celine-Michelle Kammer

Celine-Michelle Kammer ist 2003 geboren und versucht sich schon seit ihrer Kindheit am Schreiben. Sie liest selbst sehr viel, wenn sie die Zeit dafür findet, und betätigt sich gerne kreativ. Daher kommt wohl auch das große Interesse am Schreiben. Sie wechselt gerne die Perspektive und sieht die Welt bunt und farbenfroh vor sich. Und genauso fantasievoll und träumerisch versucht sie ihre Geschichten zu gestalten. Es geht darum, über seinen Schatten zu springen und den Menschen Geschichten zu erzählen, die sie in fremde Welten führen. Weit weg von dem Alltag, in Abenteuer, die sie noch nicht kennen. Ihre ersten zwei Bücher „Hand in Hand ins Träumerland" und „Farbkleckser" erschienen im Jahr 2023. Auch an den Anthologien „Wenn

Tannen duften" und „Mosaik der Liebe" wirkte sie mit. Ihr neues Buch „Die Kunst der Perfektion" erschien 2024.

Christine Kulgart

Christine Kulgart, geboren 1993, schreibt schon Geschichten, seit sie das Schreiben in der Schule gelernt hat. Früher wurden ihre Werke den anderen Grundschülern in ihrer Klasse vorgelesen, später widmete sie sich dann u.a. Online-Roleplay-Seiten und schrieb so vor sich hin. Die größte Inspiration bieten ihr regelmäßige Urlaube in den bayerischen Dörfern Inzell und Ruhpolding. Letzteres inspirierte mit seinem Rauschberg und dem Jagdschloss auch ihren ersten Kurzroman „Rauschberg", der 2023 erschien. Christine arbeitet als Redakteurin im Marketing und freiberuflich als Redakteurin für Fach- und Studierendenmagazine. Sie hat einen Bachelorabschluss im Fach Vergleichende Literaturwissenschaft. Lesen und Schreiben sind ihre beiden Leidenschaften. Auf Instagram nimmt sie ihre Follower unter @tinekulgartschreibt mit in ihren Alltag.

Noá Lunara

Noá Lunara ist eine Autorin aus Bayern mit dem guten Jahrgang 1997. Sie schreibt Geschichten, seit sie einen Stift halten kann und erweckt seither ihre Fantasie in dieser Form zum Leben.

Im Rahmen des Young Storyteller Awards 2023 hat sie ihren Debütroman "Lebender Beweis" veröffentlicht, der sich mit spirituellen Themen beschäftigt und dem Kontakt des Übernatürlichen mit der menschlichen Welt. Auch in der Geschichte "Dreamer here awake" gewährt sie den Lesern einen Einblick in die schaurige Welt der Träume und verfluchte Orte innerhalb dieser. Basierend auf einer persönlichen Erfahrung.

Wenn Noá mal nicht mit Schreiben beschäftigt ist, findet man sie ganz gerne am Zeichenbrett oder vor der Konsole wieder. Ab und an verflucht sie auch gerne mal die Nähmaschine und tummelt sich auf Conventions umher. Ihre Leser nimmt sie im Übrigen stets auf ihrem Instagram Account @noa.lunara.creates mit und teilt dort alles, was der Autorin durch den Kopf geht oder woran sie eben arbeitet.

Laura C. Lys

Die 2001 in Sebnitz geborene Laura C. Lys kreiert unter ihrem Pseudonym spannende und fantastische Welten, in denen eine Prise Chaos nicht fehlen darf. Die Buchliebe ließ zunächst lange auf sich warten, kam dann jedoch umso größer und somit konnte die Autorin es nicht nur beim Lesen belassen. Derzeit lebt sie zusammen mit ihrem Partner und gemeinsamen Hund in Dresden und schöpft neben dem chaotischen Arbeitsalltag als Hebamme Inspiration aus langen Spaziergängen an den Elbwiesen.

Jeanny O'Malley

Ich werde Jeanny O'Malley genannt und wurde im Jahr 1978 geboren. Ein Mondjahr in der Astrologie. Das ist auch gut so, denn ich mag den Mond sehr. Das sieht man auch in meinen Romanen, denn die meisten handeln von Fantasy und Zauberei. Ich sehe mich als Wordwitch, die zahlreiche Wörter in ein Buch zaubert. Manchmal ist es magisch, denn ich habe einen Traum und denke mir, dass er gut in ein Buch passen würde: als Anfang, Mittelteil oder spannender Schluss. Danach schaue ich, was für eine Story dazwischen passt.

Auch habe ich einen großen Garten, der gepflegt werden muss. Leider reicht die Zeit nicht, um diesem gerecht zu werden, aber die zahlreichen Tiere und Insekten danken es mir. Für sie ist ein Paradies, was für mich unordentlich wirkt. Im Winter häkele und nähe ich gerne, bastele allerhand Kram, spiele Spiele und gehe gerne zu den Jahreszeiten spazieren, die nicht zu sehr die Sonne auf mich scheinen lassen. Wie gesagt liebe ich den Mond.

Mit dem Schreiben habe ich in der Grundschule angefangen. Ich machte einen Comic, malte und erfand die

Geschichte dazu. In der fünften Klasse sollte ich einen Aufsatz schreiben. Es war ein Märchen und handelte von Liebe. Damals bekam ich von meinem Lehrer folgende Beurteilung: „Schrift mangelhaft, Rechtschreibung ausreichend, aber eine sehr schöne Geschichte." Der Grundstein war gelegt und im Teenageralter habe ich meine Jugendträume in Romanform aufgeschrieben. Es gab schließlich fünf Teile, bis ich den ersten richtigen Roman mit 16 Jahren geschrieben habe. Da ich mich damals nicht getraut hatte mit einem Verlag zu schreiben, kamen zehn andere Bücher dazu, bis ich endlich mit über dreißig Jahren mein erstes Buch über einen Verlag in den Händen halten durfte. Seit vier Jahren bin ich selbstständig für meine Bücher verantwortlich und stolz darauf. Inzwischen sind es 22 Romane, die ich veröffentlicht habe.

Elise Marai

Elise wurde im Jahr 2000 in Hamburg geboren und ist dort auch aufgewachsen. Mit dem Schreiben hat sie im Alter von sieben Jahren begonnen und seitdem ist ihre Leidenschaft für das geschriebene Wort nur größer geworden. Aktuell studiert sie Infektionsbiologie in Schleswig-Holstein und nutzt jede Möglichkeit, die sich ihr in der Freizeit zum Lesen oder Schreiben bietet. Sie ist Mitbegründerin des Autor:innenkollektivs Schreibfeder und auf Instagram unter @elise.marai.writes. zu finden.

Jace Moran

Jace Moran wurde 2003 in München geboren. In ihren Geschichten schreibt sie über die dunkle Seite der Liebe. Über Schmerz und Obsession, Perfidie und den ewigen Schlaf. Seit 2020 veröffentlicht sie queere Kurzgeschichten aus den Genres Horror, Drama und/oder Psychothriller in Anthologien.

Fantasie ist für die B.Sc. Psychologin und Kriminologiestudentin realer als die Wirklichkeit. Vielleicht liebt sie es deshalb so sehr, Welten zu erschaffen und für eine Weile in diesen zu leben. Auf Social Media ist Jace Moran als dunkelwelten aktiv.

Laura Pellizzari

Laura Pellizzari (geboren 1999) lebt in Tirol und in Salzburg. Sie studiert Vergleichende Literatur- und Kulturwissenschaften und betreibt die Seite „Miras Bücherwelt". Im Sommer 2023 hat sie ihr Debüt „Die Schauspielerin" veröffentlicht, davor hat sie bereits an mehreren Anthologien mitgewirkt. Im Herbst 2023 hat sie das Autor:innenkollektiv Schreibfeder mitbegründet. Auf Instagram informiert sie unter @laura_pellizzari_autorin über Neuigkeiten aus ihrem Autorinnenleben.

Zeitfracht Medien GmbH
Ferdinand-Jühlke-Straße 7
99095 Erfurt, Deutschland
produktsicherheit@kolibri360.de